跨一步就成功

KUA YI BU JIU
CHENGGONG

[美] 刘墉 / 著

刘·墉·青·春·修·炼·手·册

接力出版社
Publishing House

桂图登字: 20-2008-229

原出版者：台湾水云斋文化事业有限公司

图书在版编目（CIP）数据

跨一步，就成功 /（美）刘墉著. —南宁：接力出版社，2021.7
（刘墉青春修炼手册）
ISBN 978-7-5448-7211-9

Ⅰ.①跨… Ⅱ.①刘… Ⅲ.①散文集-美国-现代
Ⅳ. ①I712.65

中国版本图书馆CIP数据核字（2021）第117954号

责任编辑：马 婕 陈 楠 刘安莉 美术编辑：周才琳 封面设计：叶 春
责任校对：阮 萍 责任监印：刘 冬 版权联络：金贤玲
社长：黄 俭 总编辑：白 冰
出版发行：接力出版社 社址：广西南宁市园湖南路9号 邮编：530022
电话：010-65546561（发行部） 传真：010-65545210（发行部）
http: //www.jielibj.com E-mail: jieli@jielibook.com
经销：新华书店 印制：河北鹏润印刷有限公司
开本：880毫米 × 1250毫米 1/32 印张：5 字数：90千字
版次：2021年7月第1版 印次：2021年11月第2次印刷
印数：10 001—15 000册 定价：45.00元

Contents

目录

第二章　写作

存心要恭，落笔要松。

第三章　用时

用时之好，在于懂得一时二用。

第四章　记忆

久不走的脑，荒烟蔓草。

后记

前言一

天才与白痴

没有不适用的员工，
只有不会用员工的老板。
没有不聪明的学生，
只有不懂得发掘学生长处的师长。

许多人说我是天才，我从不这么认为，而且非但不觉得自己聪明，甚至相信自己有点笨——不是普通的笨。

小学，我除了一年级拿过班上第三名，后来就一路滑，毕业的时候是十三名。

初中，更差了，一下掉到二十名之外，数学英文常不及格，只记得初三四次模拟考试，没有一次上榜，最走运的一回是“备取”。

可是高中联考，我居然上了成功中学。回想起来，是因为我在初中的时候考试成绩差，常常以在作业簿上画插图的方式骗分数。发现画图对记忆很有帮助后，所以在考前就用那方法看书，有了不错的效果。

侥幸进高中之后，我照样玩我的，总溜课，请“公假”到校外搞活动、去印刷厂编校刊，年年两科不及格，全靠补考过关，才免于留级。

但是，大学联考放榜，我居然上了第一志愿，进入台湾师范大学。原因是，我过去上课不专心，常把情诗和各种灵感写在课本边上。后来发现将记不住的东西写在边上，每次拿过书来随便翻两下，次数多了，自然而然就能记住。

用那方法，我竟然事半功倍，后来居上。

大学，依然故我，办社团、演话剧、谈恋爱。大一那年自己居然去找英文老师说：“我太忙了，没空上英文。”于是老师准我不上，却在学期末给了我四十九分。逼得我在大学重修，差点毕不了业。

但是重修挺好！隔年我进入电视公司，当记者，那刚修完的英文正好用。又隔了几年，我赴美读书，居然能用那一路不及格的烂英文，由圣约翰大学研究所毕业，再进常春藤盟校哥伦比亚大学博士班，还回头到母校圣大的文学院和商学院教书。

信不信由你！

我没考托福，更没考 GRE（美国研究生入学考试），只怕去考，也不及格。

为什么？因为我笨，而且不是普通的笨。所幸我了解自己、认识自己，自己研究自己、发掘自己，找出记忆的“死角”和思想的“活路”，所以能够化腐朽为神奇。

不！我不应该说自己“腐朽”，只能讲那是“弱点”，我是把弱点变成“长处”。而且我坚信，这世界上被称为笨的人都不腐朽，也人人有特长、有优点，他们如果平庸一辈子，全因为没有发现自己的“天才点”。

“没有不适用的员工，只有不会用员工的老板。”

同样的道理，我要说：“没有不聪明的学生，只有不懂得发掘学生长处的师长。”

记得有一次，我的儿子带了一组人飞去哈佛大学拍专题影片，回来对我说：“奇怪！有些人在办公室怎么看怎么笨，为什么出外景，他们就一下子活了？我手足无措的事，他们两三下就能搞定？”

当时我太太说那是西方人所谓的“street smart”(街上的小聪明)。

我不同意，反问她:“什么是小聪明、大聪明?街上的是小聪明，到了战场是不是也有battlefield smart(战场小聪明)?聪明就是聪明，书呆子上街可能是蠢蛋，爱因斯坦上战场也可能第一个报销。不同场合需要不同的聪明，那都是聪明!”

我很喜欢观察、研究、分析。发现有些孩子在学校看来很笨，总抱鸭蛋，但是一出校门，又变得惊人的机灵，甚至应对得体、考虑周详。正因此，才会出现王永庆、卡内基、卓别林，难道他们在学校的成绩不好、学历不高，就表示不聪明?

一人一个样子，许多看来极“短路”、极“白痴”的人，就像王守仁很晚才会说话、爱迪生曾被认为低能、达尔文曾被老师说“如果将来有成，会是天大的笑话”，他们后来却表现出极度的不平凡。

或许可以说，那些极聪明的人常有极笨的地方;那些被认为蠢材的，也有过人的聪明之处。

这些聪明，应该由师长发掘，而不是早早否定。

如果不能有好的师长发掘，怎么办?

那就是我写这本书的目的，我要大声说:

“你自己去发现你的天才点!”

前言二

发现你的天才点

希望那些像我一样，
曾经面对“红字”，
被师长否定的年轻朋友，
能静下心来想一想、找一找，
你自己平凡与不平凡的地方。

有一天我去朋友家做客。

没进门就听女主人在骂儿子看电视太久了。

吃饭的时候又听见她骂，说孩子好笨，前一刻才背的英文单词，下一刻已经忘光了。

为了缓颊，我就笑说：“咳！其实我以前更差，上了研究所还被教授骂。因为那时我爱看日本美术史，里面常提到艺伎，有一天上课说到黄瓜，我居然答……”

我才说到这儿，就见那孩子偷偷笑。

“你笑什么？”我问他。

“我知道，您以前说过，您把cucumber（黄瓜）说成concubine（小老婆）。”

我怔了一下，继续说，我刚到美国的时候，养的猫生病了，带去看兽医，兽医问：“猫有没有溺尿？”我居然听不懂“尿”这个英文单词，医生急了，说：“难道你要我表演，才懂吗？”

这时候，那初二的小男生又偷偷笑。我就问，你知道“尿”的英文是什么吗？

“urine！”他想都没想，就说。

我问他什么时候学的。他居然说那也是我以前在他挨骂时缓颊说的，又说他还记得一个。

大家都瞪大眼睛看他。

只见他笑得诡异，不说。

“你说啊！”大家催他。

“您说您有一次去看医生，把前列腺（prostate）说成妓女（prostitute）。”

说实话，我一下子惊住了，对朋友说：“你们不是讲他记性差吗？怎么我八百年前说的英文，他不过在旁边听到，却记得这么清楚，这都不是简单的词啊！”

朋友摊摊手说：“他就是不记正事，专记那些稀奇古怪的事。”又说，“他看电视也一样，半年前看的，重播的时候还看，却一边看一边比剧中人先说出一句台词。”

餐后，我把朋友拉到一边，告诉他，其实他孩子非但不笨，而且有过目不忘的奇才。只是记忆属于“图像式”，或者要在特殊情况下，好比我在餐桌上说笑话，那笑话又很特别，甚至有点“颜色”的时候，就立刻能记得。换句话说——他感兴趣的，他记；他不高兴的，打死也记不住。

最后，我给朋友提了个建议，儿子爱看电视，让他看，但是选英文字幕。再给他一个生字本，每次规定要记下最少十五个新的单词。

两年后，那孩子入了高中、进了英语资优班，得了英语演讲比赛的大奖，还被甄选去异域深造。

过去十多年，我因为在台北设立“青少年免费咨商中心”，不知见到多少我认为是天才，父母却认为是蠢材的孩子。

我非常遗憾，没有太多的时间，像在那朋友家一样，于偶然间发现孩子的“天才点”。

我要再一次强调，没有笨的孩子，只有不能发掘孩子潜能的师长。甚至因为师长早早否定孩子、伤害孩子的自尊心，而使孩子一辈子无法闪亮。

对！那是闪亮！

有多少钻石、多少水晶、多少润玉，只因为人们不识，而被看作砂石，没能闪亮一生。

我回顾走过来的半个世纪，早年成绩单上的红字和老师举起的教鞭还在眼前，而我，后来居然能被认为是天才。如果说我真有一点成功，很简单——因为我发现了自己的“天才点”！

所以今天就把我的一些读书、写作、处世、记忆的方法写出来。希望那些像我一样，曾经面对“红字”，被师长否定的年轻朋友，能静下心来想一想、找一找，你自己平凡与不平凡的地方。

愿这世上没有被埋没的人才，愿每个人都能——

发现自己，神采飞扬！

第一章 处世

不想当小孩，
也就不能
没心没肺、直来直往了。

我写过不少有关处世的作品，由早期的《人生的真相》《冷眼看人生》《我不是教你诈》，到近期的《你不可不知的人性》《点滴在心的处世艺术》。虽然都获得热烈的反响，但也接到不少学生读者的信，怪我没为他们写点处世的东西。有个读者说得妙——“你以为学校不是个小社会吗？这里的钩心斗角、成群结党和小圈圈，一点也不比外面少。”

他讲得很有理，我发现孩子回家说个没完的，常常都是同学间相处的问题。于是特别写了这些关于校园处世的文章，从交异性朋友、尊重隐私、合群到隐藏情绪……

交友
别逗臭男生

大概每个青春年华的女生都会发现周遭有偷窥她、追随她、对她示好的男生吧！问题是，女生该怎么应对？

“现在常有男生追我们女儿。”

太太有一天神秘兮兮地对我说。但是我问女儿，小丫头却摇摇头笑道：“那不是追，只是想追。”我问她怎么知道他们想追，她说她就是看得出来，因为男生会表现得很滑稽、很烦。我又问：“你想不想让他们追呢？你对他们有没有意思？”小丫头则撇撇嘴：“他们追他们的，我过我的，看看滑稽表演也不错。”

突然发现孩子成了我的翻版。从她那几句话，我好像回到了自己的少年时代——

记得我像她这么大时，有一次参加校外的演讲比赛，旁边坐了个别校的女生代表，一直跟我聊天，还问我电话。

那时候家里没有电话，倒是常用邻居的。我就把邻居电话的后三位号码告诉了那女生，故作神秘地说“不告诉你前两位号码”。

岂知，才过不久，邻居就来叫我听电话，原来那女生一个一个试、一家一家问，终于拨通了。

从此她就常打电话。

问题是，我也开始盼她的电话，总是竖着耳朵听，因此不专心，功课也受了影响。

我后来常想，她是我的女朋友吗？我没有意思跟她交往。可是，我又为什么逗她，给她暗示呢？

男女的爱情常是从“逗”开始的。你看那些小猫小狗，它们是不是常追来追去、打来打去，还又咬又抓，十足像是仇家在打架。但是打着打着就突然亲热起来。

所以，不要以为任对方做滑稽表演、自作多情是好的。因为假戏可能真做，郎有意、妹无情，到头来成为怨恨。

大概每个青春年华的女生都会发现周遭有偷窥你、追随你、对你示好的男生吧！问题是，女生该怎么应对？

记得我年轻时候，有一次应一个文化中心的邀请去演讲，负责接洽的是位非常漂亮又有才华的女生。我很欣赏她，多次赞美那女生，还在演讲后寄了一本书给她。

接着收到那女生的谢函，说她和她男朋友都很喜欢我的书。

我那时想了又想，她为什么要强调她男朋友也喜欢呢？我终于想通了，她可能怕我欣赏她，是对她有意思，为了避免“出问题”，所以先暗示她已经“名花有主”。

欣赏，确实常常可能是爱慕，爱慕的下一步，又常常可能是爱恋。所以，美丽聪慧的女孩子（或男生），一定要注意每个欣赏自己的异性，除非你真对“他”有意，否则就该及时让他“停住脚步”，只站在欣赏的角度；也使彼此的关系，能维持在“一般友谊”。

所以各位小女生、小男生，今后发现对你有意思，你却一点都没感觉的异性时，别逗他、别吊他胃口，更不要存心看他的滑稽表演，而主动把话题带开或巧妙地回避吧！

至于什么是巧妙？

对不起！这没法子教，只有你用智慧，自己去想了。

私密

每个人都有的私密世界

“你来干什么？”他的脸涨得通红，原来他把抽屉拉开一半，正偷看藏在里面的黄色小说呢！

说两个真实的故事给你听：

初中三年级，我有个同学上课看黄色小说，被老师发现，把小说没收了。

接着，我正好有事找那老师，到办公室去，看他正低头工作，怕打扰他，就轻手轻脚走到他旁边。

老师突然发现我站在他旁边，吓一跳，把抽屉砰的一声关起来，站起身，又赶快坐下去，沉声问我："你来干什么？"

他的脸涨得通红，原来他把抽屉拉开一半，正偷看藏在里面的黄色小说呢！

他没多讲，就挥手叫我滚了。

只是从此，碰上那老师的时候，我就紧张得手心冒汗，不敢看他。每次不幸与他的眼神对上，都感觉得到他仇恨的目光。

那一科，我差点不及格。

我在电视公司上班时，有个同事因为新闻稿写得太草，害一位主播在报新闻的时候说错了话，不但被记大过，而且差点丢了差事。

事发之后，同事们聊天，有人说那写新闻稿的人字太草了，怪不得会被看错。

他正说呢，那写稿的记者刚好进门，听见了，立刻红了脸，指着说的人骂："好！你在背后说我坏话！你给我记住！"

从那天开始，他们两个人居然由亲密战友变得势如水火。

你知道我为什么说这两个故事吗？

因为我常见年轻朋友聚成小圈圈讲悄悄话，又听一些“圈外人”四处打探那些人说什么，猜忌别人在议论自己。

问题是，就算他打听到别人偷偷说的每个字，对他又有什么帮助呢？

要知道，人愈大愈有隐藏的内心世界。如果你在每户人家装上窃听器，会发现大家背地谈论和正面说的，可能差了十万八千里。

人们相忌，竞争愈大，心结常愈深。尤其到青春期，大家开始结党，把臭味相投的朋友聚在一起，去排斥“不相投”的人。知道每个人的隐私，知道每个排斥你的人，也让对方知道“你心里有数”，对自己有好处吗？

错了！就像我前面说的故事，只可能更推远彼此的距离。

不知道你有没有这样的经验？你住旅馆，对分到的房间不满意，于是要求换一间。柜台人员查电脑，找到一间，叫行李员带你去。

到了那个房间，行李员手上拿着钥匙，他可能不立刻开门。

他会先敲门，确定里面没人之后才进去。

明明柜台已经查出来那间是空的，为什么他还要敲门？

因为他怕看到不可预期的画面。譬如某个清洁工打扫到一半，内急，开着浴室门，上大号。或是电脑有误，那一间并未退房，客人正在洗澡。这是每个高级旅馆，都会倡导员工注意的。

凡事退一步想，如同在军中，即使大家拿的都是空枪，明明知道里面没有子弹，也不准用枪口对着人。因为不怕一万，只怕万一，过去常有莫名其妙空枪里出现子弹打死人的事。

想想，如果我初中去找老师时能远远喊一声“报告”、打一声招呼，甚至只是放重脚步，是不是情况就会改观？

还有，我那发怒的同事聪明吗？

当他听到有人背地批评他的时候，如果故意装作没听见，甚至“逆向操作”，邀那人一起吃饭，主动化解对方的疑虑，不是好得多吗？

或者，他可以暗暗记下那批评者，有所防备，何必当面冲突？

同样的道理，做父母师长的也该为年轻人想想，经过他们房间的时候，故意把脚步放重一些或出点声音，先让他们知道，免得使他们受惊，更表示尊重子女的私生活。

于是当有一天，孩子高中毕业，进入大学住校。在宿舍里走动，或进入别人房间之前，也就知道了“未入室，先扬声”的道理。由自己被尊重，到学会尊重别人。

给自己和别人留点私密的空间，是每个现代国民，无论父母或子女，都该懂的处世艺术啊！

分寸
何必欺人太甚

你打破砂锅问到底，叫对方认错，甚至当场落泪，对你有什么好处？

我带太太第一次去欧洲的时候，旅行团在短短十天当中游了五个国家，所以到法国的时候没有安排参观罗浮宫。但是因为我熟悉巴黎，旅行团又正好在罗浮宫附近用午餐，于是带着太太以最快的速度跑去，一下子就冲进大厅，看了维纳斯、胜利女神和达·芬奇的《蒙娜丽莎》，还买了个胜利女神的复制品。

回到游览车，我和太太出示新买的东西，得意地说我们以惊人的速度看了许多名作。旅行团里的人都瞪大眼睛，做出惊讶又羡慕的样子，其中有个人突然问："门票很贵吧？多少钱？"

我和太太一下子怔住了，因为我们一直到出来，才发现没买门票，我们居然是由"出口"冲进去的。

所幸我才怔了一下下，那问话的人就把话题带到别的地方，解除了尴尬。

直到今天，我都记得那一刻，对那解除尴尬的人很感激。没错！她心里说不定想，我根本只是到艺术品店买了个复制品，就回去吹牛逛了罗浮宫，所以答不出票价多少。但是也因为她这样猜，怕出我糗，所以立刻又把话题带开。

我又对女儿说了这个故事，因为她说有个叫艾琳达的同学，暑假去了北京，住在我们住过的那家有名的饭店。可是当她提到饭店大厅的水晶球、摆满瓶瓶罐罐的餐厅和地下室的画廊时，艾琳达却全答不上来，所以我女儿猜她同学根本是吹牛的。

我突然发觉孩子大了，应该学习怎么处世。课本上虽然说"世事洞明皆学问"。但那"洞明"并不是教人把每个真相都挖出来，而且摊在大家眼前。"人情练达即文章"，"练"是熟练、是成熟，是知道什么可以问、什么不必问；

“达”是通达，要通情达理，为自己想，也为别人想。

所以我对女儿说：“当你感觉艾琳达可能吹牛，发现她一问三不知的时候，你应该继续问，甚至当着大家的面问，还是立刻像我所说的那个旅行团里的人，把话带开？你打破砂锅问到底，叫对方认错，甚至当场落泪，对你有什么好处？而且你要知道，有些人因为行程赶，早起晚归，旅馆只是他睡觉的地方，确实可能连旅馆大厅都没看清就离开了。你何不往这个角度去想，犯得着猜她说谎吗？”

我常看电视上的政治谈话节目。那里面的话题非常尖锐，来宾又立场鲜明，所以总见针锋相对的情况。

但我发现，即使是政客，当他抓住对方弱点，可以穷追不舍、打死为止的时候，却常常问着问着，看对方已经词穷而招架不住，突然刹车，不再继续。

有一次，我碰上一个政界的高手，问他为什么那样“温文”。

他摊摊手一笑说，谁赢了、谁输了，谁被问倒了、谁理亏了，观众早看在眼里，何必欺人太甚？今天他抓住了对方的小辫子，给对方留一条生路，改天他处于弱势，落在对方手上，对方也会给他开一条生路，不致太难堪。

中国人常说“穷寇莫追”，意思是盗匪已经逃跑，就别去追了。为什么不追？因为怕把那盗匪逼急了，狗急跳墙，拼命。

当我们要保的是财产，那盗匪要保的却是性命时，你当然不值得跟他周旋到底。

古代的军事家也说“围师必阙”，意思是当你包围敌人的军队时，一定要留个缺口，使他能由那里逃跑。能把敌人包围，全部歼灭的时候，军事家尚且给对方留一条生路，我们处世，是不是更得为人“解围”呢？

在这儿我也叮嘱每位年轻朋友，当你自认长大了，希望别人不再把你当小孩看的同时，你也就不能没心没肺、直来直往了。你要学会什么时候刚、什么时候柔，什么时候直言、什么时候婉转。最重要的是，要善用“同理心”想想别人的感觉，想想同样的情况落在自己身上会怎么样。于是你开始懂得为别人让路，也给自己留下更大的空间。

风度
做个公主与王子

每个做公主、王子梦的，都得自我检讨——我有没有训练自己成为我梦想的人物？抑或我的行为反而与我的梦想背道而驰？

很多年前，我应弗吉尼亚州丹维尔美术馆的邀请去做“驻馆艺术家”，住在馆长詹宁博士的家里，总是跟着出去应酬。

我不喜欢应酬，尤其是拿着高脚杯，站得人挤人的餐前酒会，因为一边跟对面的人聊天，一边还得用眼角余光注意有没有别人跟你在打招呼，还得装出一副笑脸，笑得嘴角都酸了。我当时的英文奇烂，偏偏他们用的词汇一个比一个深，好像不艰深，就显不出学问和高贵的样子。

他们确实有不少是英国贵族后裔，移民来美之后就世世代代留在那个保守的弗吉尼亚小城。正因此，他们保留了一堆“老规矩”。

譬如有一次我去一个豪宅用餐，东西上来，我看女主人已经拿起汤匙，就也跟着开动。

才回到家，詹宁博士就说我下次要知道，必须等女主人先尝，然后对站在旁边的女侍点头之后，才可以开动。如同喝酒，侍者会先倒一点点在主人杯里，由主人先尝，表示味道可以，侍者才继续为大家注满。所以如果我当主人，一定要先开始试酒，否则倒酒的侍者会站在旁边无所适从。

在那群保守的英国绅士淑女间，我生活了好几个月，发现他们经常的话题，是种花莳草和烹饪，总是呼朋唤友地到不同人家的花园赏花，再一起剪花进屋插，对于每种花都一清二楚。至于烹饪，则好像能显示身份。能尝得出酒的产地，猜得出年份；能用法语、意大利语说出菜名，甚至讲出烹调的方法，更是叫人佩服。

那些贵妇还有个经常的话题，就是对各家孩子评头论足。我发现，她们总强调一件事——哪家经常办派对。

似乎常办派对人家的孩子特别有身价。

有一天，我实在憋不住了，问她们为什么要这么认为。

一群贵妇居然瞪大眼睛，异口同声地说“当然”，然后你一言我一语地讲：

“常办派对，表示家里格局大。”

“常办派对，那孩子见的世面当然广。”

“常办派对的人家的孩子，总要出来招呼，派对前要安排布置、派对后要收拾整理，就算有仆人做，孩子也得帮着监督花怎么摆、客人怎么坐、银器怎么排，以及酒会和正餐间客人移动的路线；还有大派对，从下午两三点开始，先在外面吃点心喝茶，还要做游戏，那孩子如果连网球都不会打，怎么登场面？”

最后，她们下结论：

常办派对的人家的孩子特别干练，将来女孩子能帮丈夫应酬交际；男孩子的 EQ（情商）好，事业一定能成功。

当然这也不一定，我就曾去一个豪门参加酒会。会中有人提到主人的小姐钢琴弹得好，要那小公主演奏一曲。

岂知小公主耍起公主脾气，扭扭捏捏，说她没有熟的曲子，不愿表演，连女主人、男主人联合劝都不成，小公主一生气，居然还跺着脚跑掉了。幸亏有宾客把尴尬的场面化解，改变目标，说：“哎！在座的某某小姐不是也喜欢弹琴吗？”接着大家的视线全转到一个十四五岁女孩的身上。

那女孩一笑，说她事先没准备，恐怕弹不好，请大家别期望太高，然后大大方方地走到钢琴前，先报出曲名，再坐下演奏。

她果然不太熟，演奏中间忘了好几次，想了想，再继续弹。但是弹完起身，对大家嫣然一笑致歉，换得的是满场热烈的掌声。

后来接连好几天，我都听见大家议论，说当天那“大家闺秀”小器得成了“小家碧玉”，反而是“小家碧玉”大方得有如“大家闺秀”。

由此可知，不见得豪门就出“大家闺秀”，皇宫就出“公主”；即使家里经济情况很不好，如果能表现得大方、脱俗，也能给人大家闺秀的感觉。

多年之后，我回老家，发现大概因为经济富裕，孩子又生得少，家家的孩子都成了小王子、小公主。有时在公共场合，要起少爷小姐脾气，一点不给父母面子。我就想，大人们在宠孩子的同时，是不是也该想想，要宠出个放肆无礼的不良少女、小霸王，还是造就出个大家闺秀、彬彬少年？

当孩子成为青少年，师长是不是应该带领他们走向成熟。譬如父母不在时，要孩子出来扮演女主人的角色。孩子开始要学习大方地应对，并在众人前隐藏自己的情绪。我甚至想，父母为了训练孩子，应该偶尔在家里开个派对，或尽量带孩子出去应酬，使他们多些阅历。

从孩子的角度想，就算父母没时间带出去，也可以想象家里有访客，自己做心理上的训练。检讨一下：

如果明天有客人，浴室里的毛巾、皂盒是不是要放整齐？牙刷牙膏是不是用完要放进柜子里？

马桶盖是不是要用完就盖上？

掉在地上的头发是不是要随时捡起来？

床有没有铺好？枕头有没有放正？装饰枕头有没有斜靠在床板上？

书桌书架是不是随时在整理、归类？

相框的灰尘有没有擦干净？

是不是能帮忙收拾客厅，把不必要的东西放好？把窗帘拉到相同的斜度与高度？将沙发上的枕垫摆在恰当的位置？

当客人来的时候，是不是能抢在前面，出去开门，帮忙递拖鞋、挂大衣？

还有，自己是不是能参与摆餐具、餐盘的工作，为每人放好餐巾、帮助上菜，并且在用餐时端正地坐着、优雅地说话，随时为别人递胡椒或餐盘？

每个女生都可以想象自己是公主，每个男生都可以想象自己是王子。

问题是，当公主与王子是很辛苦的事啊！每个做公主、王子梦的，都得自我检讨——

我有没有训练自己成为我梦想的人物？抑或我的行为反而与我的梦想背道而驰？

第二章 写作

存心要恭，
落笔要松。

许多人说作文难，尤其是开头，不知如何下笔。也有很多读者问我，怎么会对身边很平常的事都有感动。

现在谈一些我写作的心得，由五要素、搜集素材、掌握灵感、格物致知，到陈述的方法、“分数”的考量和精简的技巧，希望对“提笔难”的朋友能有些帮助。

精与博
读书的微量元素

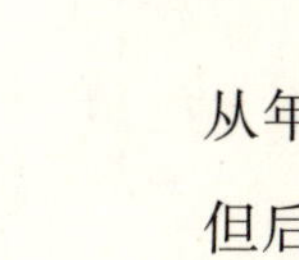

而在那些课外读物中学到的东西，又常常是别人不知道的。于是有一天你跟人家比赛，势均力敌之际，可能就靠那“多出的一点点”而获胜。

从年轻，我就有气喘的毛病，尤其到冬天，常犯。

但后来我吃完两剂“十全大补汤”，气喘居然很有改善，连已经服用五六年的药都停了。就问医生，怎么这些最普通的树皮草根，对我好像有奇效。

那医生居然回答：“八成碰巧里面有你需要的东西，只怪你平常太偏食了。”

我立刻抗议说：“我平常吃得非常小心，不吃肥肉，不吃糖，甚至不吃淀粉，而且很少下馆子，吃得这么健康，怎可能缺什么呢？”

没想到那医生又笑道：“就因为你平常吃得太标准，好像一个把教科书背得滚瓜烂熟，却从来不看课外书籍的好学生，除了课本以外，连最简单、最普通的东西都不知道。结果，树皮草根里正好有你从来都不碰，身体却需要的‘微量元素’，就一下子把身体调养好了。”

他提到的“微量元素”，我也在书上读过，书上说：有机蔬菜之所以比用化肥种出来的好，是因为有机蔬菜用了堆肥，里面什么营养都有，好比“食补”；至于用化肥则好像吃维生素药丸，ABCD一路下去，看来含量很多，但在那A与B、B与C之间的微量元素却被忽略了，所以用化肥种出的蔬菜，连颜色都不如用有机肥的绿。

我举前面的例子，是要告诉你，如果只读课本，虽然能应付考试，但是长久下来，却会“错失”一些东西。

很简单！你想想，在学校固然有课本，难道你进入社会之后还有课本吗？那时候就要看你平常的“摄取”，够不够丰富和全面了。

我的女儿是个很会看书的人，她一天到晚忙于功课和练小提琴，过去很少看电视，但是后来有一段时间我发现她吃完晚饭后，总要花好长一段时间黏在电视前面。

我问她电视那么好看吗?

她说不见得，但是因为同学都看，在学校里会聊到，她如果不看就不能跟人打成一片；久了，会变成边缘人，所以就算不喜欢，也得看。

我也听一位政治人物说他除了看报、看专业的书籍，每隔一段时间都要去书店逛逛，看看畅销书，也看看别人在读什么。他说一本书畅销，没什么稀奇，但是如果畅销很久，或同类的书都好卖，就一定有它的社会原因，从政的人不能不知道。相反，如果自以为是地说“我绝不看那种书”，非但不表示清高，还可能显示跟时代脱了节。

由此可知，看课外书籍能够帮助你感觉时代的脉动。

看课外书还有个好处，就是你能以轻松的心情去享受。

相信你一定有这样的经验——

学期开始，新书发下来，每一页都带着油墨香，加上里面可能有漂亮的插图，使那些书看来活像小说和故事集。但是一正式上课，那可爱的课本就变得可怕了。

为什么?

因为你有了得失心，开始以现实和功利的眼光去看待那些书。

读课外书籍则没这种负担，你既然因为喜欢而买它，就会以欣喜的态度去阅读；没有人规定什么时候非读完不可，于是你可以随时拿起、随时放下；你也不必为考试而去背，甚至不必全都搞懂。但正因此，你达到了陶渊明“好读书，不求甚解；每有会意，便欣然忘食”的境界。闲适的心情，使你更能跟古人神交。而在那些课外读物中学到的东西，又常常是别人不知道的。于是有一天你跟人家比赛，势均力敌之际，可能就靠那“多出的一点点”而获胜。

我儿子制作了一个介绍哈佛的电视节目，里面给我印象最深的是学生们捧着书、拿着报，在树荫下阅读、聊天的画面，以及哈佛入学部主任说的——“哈佛开的课有四千五百多门，从‘金瓶梅’到‘爬虫的肌肉发展’，可以说是包罗万象。”

你想想，如果哈佛呈现给你的，都是抱着课本和讲义猛看的书呆子；开的课又只是“这个概论”“那个思想”，哈佛还会那么吸引你，哈佛学生又还能称为“哈佛人”吗？

一个伟大的国家，一定会呈现多元的文化；一个成功的学者，一定能有“微观”也有“宏观”。同样的道理，一个会做学问、会读书的人，不但要把课本内的东西学好，还得涉猎广泛、博学多问。

所以，当你行有余力时，一定要读课外书。就算因为功课太重，没有多余的时间，你仍然得保有读课外书的冲力和热情。

那冲力与热情，会使你有一天离开学校，仍然喜欢阅读，做个真正的“快乐读书人”。

触动与灵感

热笔与冷笔

存心要恭，落笔要松……即使找来许多材料，也得经过筛选，留出最适用的那几样，再有条不紊地写出来。

记得有位读者说他真不解，为什么常常刚看完一本名著，受到感动和激励，很有自己写作的冲动。但是隔一阵，那感觉就不见了，好像读名著的帮助只能维持一下下。

就让我谈谈这种“感觉”吧！

有一天，我听朋友说照美国习俗，女儿出嫁的时候，都要由父亲带女儿跳个舞，宾客们则围在四周唱“不再是爹地的小女孩”。于是想：女儿小时候，我先跪在地上拉着她的小手跳舞，渐渐弯着腰带她跳舞；当女儿出嫁那天，我跟她跳，一定会感慨万千，老泪纵横。

就在这感触中，我提起笔写下当时的心情，而且一边写、一边落泪，写完读两遍，还是情绪澎湃。接着我就把文章寄给了报社，可是稿子才发出，又有点后悔，觉得太冲动了，没有经过“静下心”来审度，怕引人笑话。

隔了一个多月，我几乎把这事忘记，有一天早上接到朋友电话，说我新发表的文章实在太感人了，令他掉下眼泪。我赶紧翻报纸，原来那篇冲动的文章发表了，我再读一遍，居然又落下泪水。

那篇《爹地的小女儿》后来被好多朋友提起，每个人都说深受感动，因为探触到他们心灵的深处。

我说这故事，是要分析——写文章有“热笔”和“冷笔”，前面提到的这篇文章，发于至情，毫无保留地把内心话说出来，不事雕琢，也没有再三修饰，却能“直指人心”，属于“热笔”。

至于那些经过“谋篇”先计划好写成几段，怎么导入主题、引申论述，又如何下结语的，则属于“冷笔”。也可以说以“情”取胜、毫不遮掩地“说尽心中无限事”的常属于“热笔”；以“理”见长，经过再三推敲、精雕细琢的常属于“冷笔”。

于是我猜想，当那位留言的读者，读了一本书，深受感动，从而有不少好作品出现，很可能因为得到那书中“热情”的激励，使自己也能敞开心扉、侃侃而谈。只是当热情渐渐淡去，冲力没了，激情不再，笔触也就不那么感人。

所以如果想恢复原有的冲劲，可以再去找“热笔”的作品来看，重新点燃创作的激情。再不然，就应该学习写“冷笔”的东西。而且必须知道，热笔常需要灵感的刺激，如同火药需要火种去点燃。冷笔则比较能够“经营”，只要多读书，多存素材，再训练写作技巧，就能得到。也可以说热笔可以“偶得之”，冷笔则能“一分耕耘，一分收获”。为了证明自己总能写出不错的作品，每个人都得学习“冷笔”。

我曾在一篇文章里谈到，写作最要紧的是先抓住“人、地、事、时、物”，别以为这没什么稀奇，要知道：检验这五项，好比开飞机，就算老资格，也得一项项来，正副驾驶和领航员在起飞前，甚至一一“复述”“核对”。因为那检查能使他们冷静，使他们不出大错，也使他们能按部就班、顺利地入手。

除此之外，遇到论说文，用“破题”“正面论”“反面论”“结论”这四段去处理也比较容易。但要记住的是，并非任何题目都能破题。譬如《母亲》这个题目，总不好用“母亲就是我爸爸的太太”来开场吧！即使以“母亲是生我的人”来破题，恐怕也嫌俗。碰到这情况，你就得从“人、地、事、时、物”这五大要项里找灵感了。

从“人”和“地”去想，你可以说：“在外地读书，最令我思念，也最思念我的，就是我的母亲了。”从“事”和“物”去想，你可以说：“每次穿上大衣，都想到我的母亲，想到我离开家的那天，出门了，她突然把我叫住，为我把每个扣子都扣好，一边扣一边说‘天冷，别懒！’”从“时间”去想，你可以说：“端午节了，我却因为功课赶不完，不能回家，早上突然接到一个快递的邮件，打开来，居然是母亲寄来的她亲手包的粽子。”然后你就能写回忆母亲包粽子的画面，以及一家人吃粽子的种种温馨往事。

我们常说“艺高人胆大”，想作文轻松，一定要艺高，艺高则需要平时努力。为了能写出与别人不一样的东西，也为了表现你旁征博引的功夫，要多看课外书籍，甚至报章上的科学新知都得汲取。在生活上则要多观察，所谓“一沙一世界，一花一天国”，从细微的东西上“格物致知”，从人与人间去“感悟深情”。

什么是作家？作家是最能联想、最能感悟，又最能把感悟写出来的人。只要抓住以上写作的几个要点，而且常常看、常常想，又勤于动笔，很快就会发现写作并不难，而且冷笔、热笔兼备。

中国画论里有句话说得好——“存心要恭，落笔要松”。

许多画家收集了一堆创作的素材，却不知取舍，结果心里想得愈多，愈不敢落笔，就算下了笔，又因为笔太重、太紧，而出不了好作品。写文章也一样，即使找来许多材料，也得经过筛选，留出最适用的那几样，再有条不紊地写出来。只有这样的文章才能有组织、不杂乱，也才能形成一条清晰的“理路”，把你心里的话说到别人心中。

格物致知法
处处有文章

常拿毛笔的人，智慧线自然比较长；总持锄头、锤子的人，感情线又会比较直。其实，看手相的人只是从那纹的情况来推想罢了。

我要写一篇有关咖啡的文章，就上网去查，结果要的材料没找到，却发现好多有意思的事。譬如网上说土耳其人很爱喝咖啡，甚至能用剩在杯里的咖啡渣为喝的人算命。

何止由咖啡渣能算命，所谓“见微知著”，从许多微小的征象都能看出大的情势。譬如有一派理论说掌纹会因为工具不同而改变，常拿毛笔的人，智慧线自然比较长；总持锄头、锤子的人，感情线又会比较直。其实，看手相的人只是从那纹的情况来推想罢了。又有一派说法是，任何一样东西，都是经过千年万载演化至今的，所以从每样东西上都能见到天地间的“理”。即使在溪谷里随便捡起一颗小石头，也能推想“它”过去的遭遇。

上面这许多“见微知著”“由小见大”，其实都是“格物致知”，也就是从每样“物”上去思考、去观察，得到其中的知识与道理。

写文章也一样，很多年轻朋友说他们没有灵感，碰上作文题目，不知如何下手。岂知只要懂得“格物致知”，由身边的每样东西，都可以悟出一番道理、引出许多文章。

举几个例子——

我正伏案写稿，眼前看到一把美工刀，我可以写：

其实美工刀里只装了一个刀片，但是聪明的发明家在刀片上做了许多刻痕，所以当前一段钝了的时候，只要沿着刻痕折断，下面那一段就又变得锋利如新了。至于旧式的刀片，则是平平一大片，常常只因为最尖端不够锐利，就被抛弃。同样的道理，许多人用时间没有计划，虽然时间不少，却只利用了极少的一段，其他大部分被浪费。还不如事先做规划，分阶段办事，来得有效率。

这不是由小见大，从一把美工刀谈到用时间的方法吗？

好！接着我又看见桌上的订书机，也可以用“格物致知”的方法想：

订书机真是简单又神奇的东西。很难让人相信，那短短细细，看来一点也不坚硬的订书钉，居然能够一下子穿透上百张纸。我看了许久，终于想通：真正的原因，是由于它能把力量集中在两个点上，垂直用力。这世上许多人，看来很弱，也没什么了不得的才能，却能成就伟大的事业，都是因为他能像订书钉一样，认清目标，集中全力，不彷徨，不犹疑，奋斗到底。

这样不是也从订书机引申出人生的道理了吗？

接着，我看到桌上的剪刀，又用“格物致知”的方法去分析——

剪刀看来很锋利，其实不见得。许多非常好用的剪刀，它们的两刃都是平平的，完全不像刀，也不易割伤人。但是当那两片金属结合的时候，就成为可以剪纸、剪布，甚至剪金属片的工具了。如果人能像剪刀该多好！两个平凡人，只要密切合作，就能把驽钝变为锋利，做出一番了不得的事业。

读了我写的这一段，如果你不信，可以拿剪刀看看，它们的两个刃确实常常并不锋利，有些小孩用的安全剪刀，非但两刃极钝，而且是塑料的，居然也能很轻松地剪纸，不正因为我上面说的道理吗？我甚至在没有剪刀的情况下，用两把直尺，合在一起当剪刀呢！

提到尺，让我想到“圆规”，你也可以用圆规来“格物致知”——

小时候，每次走过电影院前的广告看板，上

面有圆形的图案，父亲总会指着说："你信不信？在每个圆的中间，都能找到一个小小的洞眼，那是圆心，是画广告的人为了画圆，必须先固定的。有时候他们的圆规不够大，就先在圆心钉一根钉子，再拴上线，线的一端绑支笔，拉着绕一圈，就能画出漂亮的圆。"

听父亲说这话到今天，已经许多年了，但是每次我经过那样的广告看板，都会想到他的话，还有他说的"一个人做事要有计划、要有心，想画个人生的圆吗？先定下你的心"！

这不是一篇既感性又寓理的短文吗？所以写文章一点也不难，只要你如我文章中所说的，多读书，而且从"人、地、事、时、物"的方向想，加上"格物致知"的功夫，一定能左右逢源。

最后，让我举个自己在处女作《萤窗小语》中的文章给你看，那居然是我学生时代从标点符号里领悟的——

生命就像一篇文章，在文章结尾有些人用的是"句点"，有些人用的是"叹号"，更有些人以"问号”来结束。

孔子、孟子是圣人，他们建立了自己的思想体系，所以用的是句点；岳飞、王勃，壮志未酬身先死，所以是叹号；至于不知为何来到这个世界，又懵懵懂懂过一辈子的人，只好以问号来结束了。

说了这么多，总归一句话：“万物静观皆自得。”只要你肯用心，多观察，俯拾都是妙文佳句啊！

兴比赋法

写作的三条路

任何题目到手上，你都可以把那开门见山、格物致知、迂回引带的三种方法想一遍，挑最适宜的入手。

不知你有没有读过中国最早的诗歌集——《诗经》？

许多人听到“诗经”这两个字，都会吓到，其实诗经因为多半来自民歌，内容很平民化、多样化，甚至有些还很浪漫。

譬如我们常说的“一日不见，如三秋兮”。就出自《诗经》中的《采葛》篇。

又譬如我们常说的“有女如云”，出自《出其东门》篇。我们常形容男生追女生的“君子好逑”，则出自《诗经》里的“关关雎鸠，在河之洲。窈窕淑女，君子好逑”。

《诗经》里还有一首《氓》，描述一对男女的自由恋爱，也写得传神极了——“氓之蚩蚩，抱布贸丝。匪来贸丝，来即我谋。”意思是“臭男生笑嘻嘻，抱着布来换我的丝，其实不是真来换丝，是想来接近我”。

你说《诗经》是不是很好看？

《诗经》虽然距今已有千年，但是写作技巧非常高明，单单前面我举的这些例子中，就已经用了“比”“兴”和“赋”三种写作方法。“比”是比喻，像是“有女如云”。“兴”是从远处谈起，先说河上沙洲的水鸟在叫，把大家的兴趣带起来，再引到君子好逑的主题。至于“赋”，则是开门见山地直说：“你哪是来换丝啊，根本是打我的主意！”

由于我上一篇讨论“格物致知”，已经谈了不少“比”的写作方法，所以现在专谈“兴”和“赋”。如果你很细心，说不定已经发现，我写作很爱用“兴”的技巧。

譬如，在《热笔与冷笔》那篇文章里，我明明谈的是写作的技巧，却在一开始先说美国人嫁女儿时，有个习俗是由父亲带女儿跳舞，宾客在旁边唱歌……

在《读书的微量元素》那篇，我的主题虽然是谈读书，却在一开头先说我从年轻就有气喘的毛病，然后谈到十全大补汤。

至于上一篇写的《处处有文章》，说的虽是格物致知的方法，却先讲土耳其人用咖啡渣算命。

我为什么这么写？

答案是：为了在一开始就引起大家的兴趣。因为我知道人们对父亲带女儿跳舞的习俗，十全大补汤治气喘的功用和看相算命这些迷信的东西特别感兴趣，所以好像用糖果引小朋友，先绕个弯子，把读者的好奇心带起来。

“兴”确实常绕弯子，它跟直说的“赋”恰恰相反。举几篇大家熟悉的名作为例——

孟子《离娄篇》谈到“齐人之福”的“齐人”开头就说：“齐人有一妻一妾而处室者。”陶渊明在《桃花源记》里，一开头就写：“晋太元中，武陵人捕鱼为业。”他们都开门见山，两三句话就把主角交代了，属于“赋”的写法。

可是碰上欧阳修写《醉翁亭记》，用“兴”的写法，就不一样了。明明是写“醉翁亭”，他却由“环滁皆山”谈起，先谈到琅琊山、酿泉，再慢慢带到亭子，却还吊着大家胃口，只讲那“醉翁亭”是由当地太守命名的，直到文章最后一句话，才点出来：“太守谓谁？庐陵欧阳修也。”原来是作者自己。

同样的道理，今天如果你写自己的家，可以用陶渊明写“武陵人”的方式，直接讲“我家里有几个人，住在某市某街”，也可以用沈从文写《边城》的方法说：“当你到高雄，出了机场，就会看到一栋蓝色的十四层高楼，楼顶上像个公园，有好多树，如果你眼力好，还常可以见到在那片绿荫之间，有个白白的头，那八成是我奶奶正在空中花园浇花。”然后把你的家逐步介绍出来。

同样的，你今天写《父亲》，可以像孟子一样单刀直入：“我父亲是个朝九晚五的公务员，从我很小，他就……”

你也可以学欧阳修：“看电视里播出莲花节的新闻，看到好多荷花，就让我想起小时候父亲总带我去植物园赏荷，父亲总是一手牵着我，一手拿着相机，碰上……”于是你由电视新闻谈到荷花，想到植物园，再忆起带你去赏荷和摄影的父亲。

由以上这许多例子可以知道——

“赋”比较强而直接，“兴”则活泼而委婉。所以写论说文、短文或新闻稿时适于用前者，写景言情和小说时比较能用后者。当然“写作无定法”，任何题目到手上，你都可以把那“开门见山”“格物致知”“迂回引带”的三种方法想一遍，挑最适宜的入手。甚至能将三者融合，以“兴”的方式带入，以“比”的方式申论，以“赋”的方式作结。相信只要你不断试探、不断练习，遇上任何难题，都能循着这三条路，一一化解。

拙与巧法

先学聪明再学笨

卷子经过弥封，他不知你是何方神圣，于是只能凭那几百个字来给你打成绩。这时候，那些会“掉书袋”、词汇丰富的，当然容易占上风。

我收到一个女孩的来信，说她老师在教大家读书时要求留心其中的“优美词语”，而且要写下来、背下来，表示这样才能提高作文的水平。

但是女孩不以为然，她认为“文章的灵魂并不是语言，而是所蕴的意旨，如果按老师说的写作文，等于抛弃了重要的而拣了次要的”。然后问我的看法。

在这儿我要为这位女生鼓掌，因为她说得真对。可是，我必须讲：她老师说得也没错。

请别认为我是两面讨好，先听我说两个故事——

大学美术系三年级，我终于上到了山水画大师黄君璧先生的课。我那时的山水画已经参加过许多展览并获奖，心想一定会被老师刮目相看。

可是第一堂课，拿到老师发下来的画稿，我照样临摹，临得一模一样，交上去，却没拿甲，只拿了乙。

我很不服，顽皮的“毛病”又犯了，就回家把老师装画稿的塑料袋拆开，再把我“临摹”的那张塞进去封好。第二堂课拿那张“假画稿”给老师看，并指着上面一棵树说：“黄老师！这要怎么画？您画的笔法，我不会。”

黄老师居然指着“假画稿”分析了半天，而且没认出那是我造的假东西。

我下课之后想了又想，想通了——

老师可以那么画，但他不知我是“老手”，于是用初学来对待我，就算我跟他画得一样，也只能拿“乙”。

再说个真实故事——

三十多岁的时候，我写了一本绘画理论的书，请一位学者写序，那学者说他没空，要我自己写完给他“过目”。

于是我回去写了一大篇，送去给他。

隔几天，我把文章拿回，发现第一段上有许多改动的笔迹，可是又都被涂掉了，正纳闷，那学者说了：“我起先动了好多地方，但是后来发现你写得好极了，有你自己的笔法与文气，我改得反而不妥，所以全照你的。”

这下子我又得到个结论——你常常没办法让人一眼就看出文章的功力，如同有些书法家的字，卓然成家，但是如果你只见他几个字，却会觉得很不怎么样。连李白的传世之作《静夜思》：“床前明月光，疑是地上霜。举头望明月，低头思故乡。”若非出自诗仙之手，只怕拿去给一般诗社评选，反而要被放在“打油诗”之列，被剔出来。

同样的道理，要知道，当你参加中学生作文比赛，或考试写作文时，评分老师在心态上，是以“学生”来对待你。卷子经过弥封，他不知你是何方神圣，于是只能凭那几百个字来给你打成绩。这时候，那些会“掉书袋”、词汇丰富的，当然容易占上风。

举个我见到的例子——有个女生参加考试，作文题目是《电影》。

考完，我问她是怎么写的，她说她写“电影有喜剧片、悲剧片、恐怖片……”我就打断她的话问“喜剧、悲剧和恐怖片，英文怎么写”。

那初中生一笑说：“喜剧是comedy，悲剧是tragedy，恐怖片是thriller。”

我一听就说：“我看你一定能过关。”

成绩出来，她果然高分通过。

你猜我为什么那样肯定。答案很简单——因为她最起码表现了“英文生字”的功力。

同样的道理，当老舍那样的大作家，写铺天盖地的白雪，固然可以用“一大块白被单”去形容，给人“直观”和“直指人心”的力量。但是换作你这个中学生写，恐怕就必用些“白皑皑”“晶莹剔透”“雨雪霏霏”“冰封雪冻”的形容，才能讨好。如果你也学老舍，用“白被单”形容，除非碰上“慧眼”，否则是不可能拿高分的。

做学问很妙，当你初学书画的时候，老师会严格训练你拿笔要“指实掌虚”，而且写错了不能涂改；但是你真去看看，哪位有名的画家那么拿笔？又有几位书法家绝不“回笔”修正？

连打球都如此，记得我初学乒乓球的时候，教练搬出一堆术语和口诀，又常骂我手指太伸进拍子，容易碰到球。可是有一天，我看他借给我的世界大赛光碟，发现里面的高手手指伸得比我长多了，问教练:“为什么他可以，我不可以？”

教练却一笑，说:“有一天，你打得像他这么好，当然可以。”

不知你有没有读过郑板桥的名句“聪明难、糊涂难，由聪明而转入糊涂更难”，还有中国画论中说的“大拙便是巧处，大巧更是拙处”。表面看来，“糊涂”和“拙”都是较高的境界，问题是你千万别忘了，那糊涂是由聪明出来的，那拙朴是巧妙之后达到的。

同样的道理，学写作也要由聪明和巧妙开始，你要尽量先充实词汇、多读书、多背古人的佳句，达到“持之有故，言之成理”，含英咀华、文采粲然，再进一步追求返璞归真、妙造自然的境界。

备而不用，毕竟不等于“根本没有”啊！

循序法

写文章与拍电影

它描写得那么自然、流利、平顺，使读的人像看电影，“一路”被吸引进去。

从小到大，你一定写过不少游记和参观报告吧？

你有没有觉得难写？

你可能觉得难，甚至觉得比一般作文还难。原因是你游完一个风景名胜，参观完一个博物馆或工厂之后，心里留下太多记忆。于是你的心乱了，不知那千头万绪应该从何理起。

如果真这样，我教你个方法，就会简单多了。

写这类文章，首先你要决定观看的角度。

你可以假设自己是神，从天上俯瞰众生，因为你无所不知，所以能很整体地介绍。譬如你写纽约大都会美术馆，可以这么说：

> 闻名世界的纽约大都会美术馆，位于曼哈顿中央公园旁边，第五大道八十二街的位置。在这个一八七〇年筹建，而今总面积达十三万平方米的博物馆中，收藏了亚洲、欧洲、非洲、美洲的绘画、雕塑、摄影、服饰、家具、乐器等，从远古到近代的艺术品三百多万件……

你好像无所不知，把大都会美术馆从过去到现在，从占地到收藏，一五一十地写出来，让人一看，就对那里有了整体的认识。

只是这种把自己当作神，好像由天上俯瞰的写法比较难。因为你要无所不知，也就是在写之前先得搜集许多资料，先把它们消化了，再很技巧地编织在一块儿。

如果你今天走马观花地参观完大都会美术馆，手上什么资料都没有，老师立刻要你写，你怎可能写得好呢？

所以我为你介绍的是另一种写法——

你不是“无所不知”的神，你变回平凡人，由“从空中俯瞰”变成由“地上走进去”，那不正是你参观时的情况吗？

你既然走马观花，只是逛了一圈，现在就回想一遍，再走马观花一次吧！于是你可以写：

> 经过中央公园一片浓郁的树林和草地，远远看到大都会美术馆，还以为那是个白色的宫殿。走上几十级宽广的石阶，进入高大的正厅，看到的是各国的游客、四面的石雕与一大瓶一大瓶的鲜花。我们跟着导游进入埃及部门，看到神秘的木乃伊、石棺和上面千奇百怪的文字。还进入一个有透明屋顶的大厅，在一圈水池的围绕下，中间有个高大的古埃及神殿。我和同学都丢硬币到水池中，许了愿，希望以后还能到此一游……

多轻松！你什么资料也不必有，不是就能写出一篇生动的游记了吗？而且因为你顺着“真实的回忆”写，娓娓道来，有条不紊，哪里还会不知如何下笔呢？

请不要说这样写像记“流水账”，不高明。你要知道，自古以来多少伟大的作家，都是用这样一路走、一路游、一路写的方式，完成不朽的作品。

不信，举两个例子——

陶渊明的《归去来兮辞》，你读过了吧！

让我们看看其中第二段（翻成白话）：

船轻轻地摇动前进，风飘飘地吹动衣衫。我向行人问路，真恨晨光不够亮。终于看见我家的大门和屋角，我兴奋地往前奔跑。童仆出来欢迎，小孩在门口等候。院子里的小径长了野草，所幸松菊依然茂盛。我牵着孩子进屋，已经有酒盈樽。我一边斟酒小酌，一边高兴地看园中的老树。靠着南窗觉得十分快意，就算地方小倒也安然自足。园中太阳下的树影不断移动，十分有趣；门关着，虽少访客，却别有一种悠然。接着我拿手杖走进园子散步，不时抬头远望。只见云自在地浮出山谷，小鸟飞累了一一回家。夕阳渐渐暗暗沉落，我还抚摸着孤松舍不得进屋……

回头细细想一遍，你是不是几乎可以画个连环图，把那些画面串起来？

太容易了！因为所有的事情都呈直线发展——先坐船，再于晨光中赶路、问路，见家门、进门、喝酒，坐下来休息，东看看西看看。而后走进院子遛遛，看天空、白云、飞鸟，接着天暗了……

这段文章不是正好写了陶渊明回家的那一天吗？他没形容路有多远、家在哪里，也没写他家有多大、多少人，甚至写了童仆、稚子，却没写他太太，但是读起来却多么生动啊！

我们再看同样是陶渊明的不朽之作《桃花源记》。

他也用了同样“一路下去”的“单线”写法——

> 缘溪行，忘路之远近。忽逢桃花林，夹岸数百步，中无杂树，芳草鲜美，落英缤纷。渔人甚异之，复前行，欲穷其林。林尽水源，便得一山，山有小口，仿佛若有光。便舍船，从口入……

你说，当你一路读来，是不是有个画面，由那渔人往前划船，看到一大片桃花林，见到鲜绿的草地、缤纷的落花。渔人继续往前划，一直到桃花林没了，水也到头了，见到一座山，山脚有个小洞，里头隐隐约约透着光，就下船，从那小洞走了进去。

如果你带了摄像机，甚至能一路拍，都不必停，也不必回去剪辑，就成了。

而且因为它描写得那么自然、流利、平顺，使读的人像看电影，“一路”被吸引进去。

看了这许多，你下次写游记和参观报告，不是也能照样从容落笔、循序渐进，一路娓娓道来了吗？

第三章 用时

用时之好，
在于懂得
一时二用。

◇◇◇◇◇

为什么我们出去旅游的时候，不过两三天，感觉上却好像两三个星期一样长？

因为内容丰富。

为什么小小的电脑能容纳那么多，而且日新月异，容量愈来愈大？

因为经过了压缩。

为什么每个人的时间都一样，有人的成就却大得多，好像活了别人的两辈子？

因为他们懂得利用时间。

时代不一样了，你可以今天在亚洲，明天在非洲。你可以一边看电视节目，一边看旁边的“跑马灯”和插播画面。你可以一边做功课，一边下载网上的资料……

你不能再“一时一用”了，你要“一时二用”“一时三用”。

下面这一章，就谈谈用时间的方法。

◇◇◇◇◇

取与舍
你舍得吗？

一个加拿大的农民，被曳引机压住了左手。四野无人，为了保命，只好用随身的小刀，把被压住的拇指和食指切断。

女儿从图书馆抱回一大摞书，砰的一声丢在地板上，哭丧着脸说：“才两个礼拜，怎么读得完？”又说英文老师早讲了，她要给他们“上吨”的书去读，还说天天会给功课，就算十题中只有一题没做，也要扣一半的分数。

接着她又抱怨物理老师，说他教得太快了，害她回家要花好多时间一点一点想，才想得通。

开学才三个礼拜，我发现女儿已经瘦了，而且总在夜里两三点钟，还听见她的脚步声。

几乎每个刚进高中的学生，都有这种不能适应的问题。很多初中功课很好的孩子，突然发觉成绩不再那么好拿了，课本的内容加倍了，就算不看电影不上网，都难应付。也可以说，他们的时间一下子不够用了。更可以讲，他们不得不改变过去用时间的方法。

不久以前，我看了一本由女医生艾伦·罗丝曼（Ellen Lerner Rothman, M.D.）所写的《白袍》（*White Coat*），讲她在哈佛医学院的经历。整本书四百多页看下来，我印象最深的是她提到准备参加国家医师执照考试，同学们都紧张得要死。有位学长教大家在空白的表格上精确地列出复习每一科要花的时间。也就是根据距离考试所剩的日子来做读书计划。譬如“组织学”第三章只需要二十九分钟，但是“心脏血管病理学”则要花三小时又五十八分钟。每算好一科要花的时间，都得严格遵守，绝不多花一分钟，也不少念一分钟。

乍看，多呆板哪！他居然会算出来三小时五十八分钟，何不写四小时？不过两分钟之差嘛！

但是细想想，到考试的时间已经在那儿，时间不会为任何人把太阳下山延后一秒钟。要读的书也已经在那儿，不可能不读还考得好。这两大条件既然都那么没弹性，读书计划当然也就没有讨价还价的余地。

于是可以猜想，那些医学院的学生，在面对一摞又一摞的教科书、参考书和滴滴答答的时钟以及攸关前途的考试时，他们的焦虑一定非常严重。

鱼与熊掌不可兼得，怎么办？

当然是做取舍！

假使“组织学”的资料是三百页，准备的时间只有二十九分钟，只好用这点时间大略地翻翻以前写的眉批和重点，甚至看看索引和目录，从那里回想一下上课时学到的东西。

我是学艺术的，每次出去写生，也面临同样的问题——

可画的东西太多了，我必须以最快速度，先整个绕一遍，接着选好一个“景点”写生。写生之前又得先看看有多少时间。如果是三个小时，我可以用铅笔起稿，勾好构图，再细细画。相对而言，如果只有十分钟，只好连草稿也不打，拿起笔就“速写”，而且是大笔挥洒，只画大概，不画细节。

同样的道理，当高中老师开出一堆书单时，难道也要像在小学一样，把每个字都背下来吗？

当然不行！

随着年龄的增长，要学习的东西愈来愈多，也愈来愈会发现，面对大问题时，第一件要做的就是取舍。

小学时，课本薄薄的，可以把每个字都背得滚瓜烂熟；中学时，课本已经厚得多，又可能“一纲多本”，老师叫大家参考不同版本的教科书，已经不能全部精读。等有一天，进入大学，选了科系，读文科的不必再念理科，不是自自然然就做了舍弃吗？至于进入社会，又可能因为职业的关系，有了更大的专精与更多“一生再也不会碰”的东西。

人不能“超现实”，当时间有限、工作无限的时候，就得像那哈佛医学院的学生——不能不舍得。

“舍得、舍得”这个词用得太妙了，如果不“舍”，怎么“得”？当你手上拿不下了，只好舍弃一些。

这好比许多考试，题目多到即使你都会，也可能做不完，这时如果遇上不确定的，要“卡”在那儿想，还是立刻跳过，做下一题？

又好比，当数码相机记忆卡已经满了，却发现珍贵的景物时，只好把前面拍的“次要”的东西删掉，留出空间，抓住眼前千载难逢的画面。

更好比《读者文摘》上的报道——

一个加拿大的农民，被曳引机压住了左手。四野无人，为了保命，只好用随身的小刀，把被压住的拇指和食指切断。

多惨哪！一刀刀切开手掌，但那舍不是真舍，而是为了进一步地“得到”。

得到生命！

所以为了使自己能在某些科目有特别杰出的表现，每个学生都必须知道舍。选择性地阅读、跳跃式地学习，甚至在必要时，退选一些没有必要的科目。

年轻朋友，请不要怪我居然浇冷水，也千万别说你硬要“全A”！

这世界是公平的，你不能样样都拔尖。

每个人的时间和体力差不多。在未来，只有懂得取舍的人，才能站到巅峰；只有能狠心割舍的人，才可以历劫归来。

一时二用
人人可以一石二鸟

成长是学习用时间，成熟是懂得用时间，成功是能够掌握时间。

午餐后，我和太太坐在客厅，女儿走过来靠在沙发后跟她妈妈聊天，聊了好久好久，又开始抱怨该买运动衣了。我就问：“该买为什么不去买？”

女儿不以为然地说，因为她和妈妈都没空去买。

我又问：“那为什么有空聊天？”

她则一瞪眼，说因为有事要告诉妈妈。

听起来似乎她很有理。但我又接着说：“既然你和妈妈都有时间聊天，为什么不用那时间去买衣服呢？你大可以在车上跟妈妈说话。然后到店里立刻挑，买好就回家。”

可不是吗？算一算，以她下午跟妈妈聊天和抱怨的时间加起来，如果“立即行动”，非但不会误了聊天，而且已经买回了衣服。

我发现大多数时间不够用的人，都因为他们不懂怎样在同一时间做两件事。

我儿子在这个年龄也一样，举个例子——

有一天，晚上十二点半，他说功课少，能早一点睡觉。

我听了很高兴，因为史岱文森高中的功课压力很大，常搞到两三点才能上床，他实在需要抓紧时间，补充一点睡眠。

跟着我听到他开微波炉的声音，隔两分钟又听到他切东西，刀叉在瓷盘上的声音；又隔了好一阵，听见放洗澡水的响声。

再隔了半天，听见他开收音机的声音。

又隔大约二十分钟，突然听见砰的一声。

我一而再再而三地被吵醒，看看钟，已经接近两点了，很不高兴地出去骂他。

他居然理直气壮地说他一点都没浪费时间。开微波炉是为了热火腿，用刀叉是为了把芝士切成小块。后来水声很吵是因为白天上了体育课，身上痒，要放缸洗澡水泡一泡，开收音机是因为外面已经下了好几个钟头的雪，要听听明天停不停课。后来发现不停，于是收书包。收完书包扔在地板上，所以发出砰的一声。

乍听，他说得一点都没错。问题是，碰上懂得“一时两用”，甚至“一时三用”的人，可能只要用一半的时间，就完成同样的事。

他按好微波炉之后，如果不站在旁边等，而立刻切芝士，东西切好，火腿不是也热了吗？

然后，他可以先去放洗澡水，再打开收音机一边听广播，一边吃东西。再不然，他可以坐在浴缸里听收音机，并想想第二天要带到学校的东西。

因为先想过一遍，收拾书包的时间必定可以缩短。

整个算起来，由于在同一时间都做了两件事，甚至三件事，是不是能节省一半的时间？

这是个高速度的时代，又是个资讯爆发的时代，有永远赶不完的事、吸收不完的知识，所以只有懂得利用时间，在无形中好像比别人多许多时间的人，才能够跑在最前面。

提到资讯，我太太也曾问我为什么做事那么快。

当时我举了个例子，对她说：

“你知道吗？刚才在看电视新闻的时候，我除了烧咖啡，还已经发出去五篇稿子，写了一封信，又看了全球股票市场，而且往台北办公室送了一摞传真。”

我是这样掌握时间的——当电视播广告时，我烧上咖啡，同时按一下笔记本电脑的启动键，接着去传真机上放好文件，拨号码，立即按“发送”，并且头也不回地赶到电视前看新闻。这时电脑已经“无线上网”，我一边看电视，一边看邮件，并在下一次广告时段发出短信，同时把咖啡端到椅子旁边。

广告完了，我继续看新闻，并且在播不重要的新闻时，将几篇稿子转发出去，同时啜几口咖啡，看一看股市。直到新闻完了，我才回到传真机前，看看东西传出去没有，如果没有，再按“重拨”。于是在短短五十分钟的新闻时段，我既没错过新闻，也没误了工作。

我在同一时间都不止做一件事——

我绝不站在电脑或传真机前等它激活或拨通。也绝不守在咖啡机前，等它把水烧开化为蒸汽，往下凝结成浓缩咖啡。

因为那些机器自己会运作，而运作要时间，绝不会因为我守在旁边快半秒钟。懂得利用时间的人，先要知道怎么操作这些聪明的机器，让它帮你省时间。而不是守在机器旁边，让自己成为机器的仆人。

儿子小时候不懂得用时间，后来可进步多了，我最高兴的是，有一天我和他进电梯，我先按“楼层”，再按“关门”，他居然纠正我：

“爸爸，你为什么不先按关门，在电梯关门的时候，再利用那几秒钟的时间按楼层，这样可以省好几秒呢！”

于是我得到个结论：

在这飞速进步的时代，每个人都会被逼得分秒必争。成长是学习用时间，成熟是懂得用时间，成功是能够掌握时间。

静与动

比尔·盖茨的C

“别人学习的时候你学习，别人看电视的时候你上网”，远比“别人学习的时候你上网，别人看电视的时候你学习”来得好哇！

据说比尔·盖茨在学校的成绩从来没好过，中学总平均是B；刚进哈佛的时候，因为压力太大，得了溃疡性肠炎，不得不回家疗养。第一学期平均成绩更烂，只有C。

你大概要问他既然高中拿B，怎么进得了哈佛。

这就妙了——

他居然在全国会考SAT（学术能力评估测试）中，拿了全美国前十名的高分。

对比尔·盖茨念书的方法，我不清楚，但我相信他一定是个绝顶聪明，又知道用时间的人。举个例子，我看到报道，说比尔·盖茨每天早上开车到办公室，并不立刻乘电梯上顶楼办公室，而是坐在车里用手机打重要的电话，以此就可以证明。

想想，他为什么不在办公室打？

那必定因为电话很重要、很机密，或是绝不能被打扰。他知道只要进办公室，就可能有一堆东西等着他处理、有一堆会议和访客等着他应付，或有一群职员想要见他。

单单面对这些冗杂的事情，就会扰乱他的心、影响他的思维。所以，他进办公室之前，先静下心打重要的电话。

这个道理我几十年前就体会了，所以在《萤窗小语》上写了《四个三十不等于一百二》的文章。

那是因为我发觉，如果准时进办公室，不断有干扰，两个钟头办不了什么事。反不如偶尔早两个小时到，一个人安安静静处理事情。

被打散成四个三十分钟的两小时，绝不等于连续两小时的效用。

一直以来，我家都如此。

每天女儿放学回来，只要看见我关着书房门，就会轻手轻脚地活动；有话跟妈妈讲，也必定躲到楼下。

因为她知道我在写作，不能被打扰。

但是晚餐之后，虽然我还在书房工作，她却没什么顾忌，甚至经常进来找我讲话。

因为她知道我可能在跟台北办公室联络，发电子邮件、传真或给读者回信。这些事就算四周有点声音，也无妨，即使被打断，也影响不大。

问题是，她虽了解我用时间的方法，自己却不懂得掌握。

我发觉她下午回到家，正好我在写作，全家都安安静静，她却常用来东翻翻、西翻翻，上网聊聊天。又在吃完晚餐，家里两台电视都开着的时候，做数学和物理这些极需安静的功课。

她大概没计算过，下午两点半放学，到七点多吃晚饭，有将近五个小时安静而完整的时段。吃完晚餐，因为一肚子食物，不宜用脑，等到开始工作，距子夜已经不到三小时了。加上这时候，亚洲是白天，有许多越洋电话找我。她忙一天，又累了，不适合用来做费脑筋、要安静的功课。

这不只是我女儿的毛病，也是一般人的通病——

不懂得考量主观和客观的条件。

主观上，每个人要知道自己精神状态最好的是什么时候。譬如有些人清晨特别清醒，可以早早起来读书；又有些“夜猫子”恰恰相反，早上糊涂晚上精明，只好多利用灯下苦读。

客观上，要看周遭的情况。譬如以前的作家都爱夜间写作，可是现在许多人改在白天写，夜里出去扯淡。那是因为以前生活环境差，房子小、隔音不良，作家都要等夜阑人静的时候“笔耕”；现在进步了，连汽车都极少按喇叭，安静的条件容易达到，他们的创作习惯自然改了。

同样道理，学生平常可以根据人的作息习惯，掌握最佳的学习时间；如果来了客人，白天吵，则要调整读书的时段；至于有一天，住到宿舍，或在外旅行，又得根据情况做出调适。

他永远要心里有数——

什么是安静时段、什么是喧哗时段，什么是最佳思考的时间、什么是脑袋最不灵光的时间。

“别人学习的时候你学习，别人看电视的时候你上网”，远比“别人学习的时候你上网，别人看电视的时候你学习”来得好哇！

大与小
如果只剩七天生命

许多人在用时间上，都犯了“杀鸡用牛刀”的毛病。等到杀牛的时候，却发现只剩杀鸡的小刀。

说个故事给你听——

很多很多年前，纽约市非常穷，碰上冬天特别冷的时候，公立学校会突然宣布放假一个礼拜，号称“省油假”，目的是那个礼拜可以把学校的暖气温度调低，省下不少买柴油的钱。

有一个十五六岁的男生，回家告诉他爸爸，放省油假了。

“一个礼拜的假，加上前后的星期六、星期天，足足有九天，你有什么计划吗？”男生的爸爸问。

“我就知道你会问我这问题。”男生得意地说，“我早想好了。第一，我要准备功课，因为放完假第二天就要考试。第二，我要去图书馆借几本世界名著。第三，我要找同学聊天，看场电影。”

“好极了！”他爸爸点点头，还赏了男生二十块美金。

转眼六天过去了。男生突然要他妈妈开车送他去图书馆。

被他爸爸听到了，问：“才借来的书，就要还了吗？”

“不是还书，是要借新的书。”男生喊，“我要写参加‘西屋科学奖’评选的报告，要借好多参考书呢！”

妈妈赶快带他去图书馆。只是绕一圈，没借两本，因为重要的书都被别人先借走了。他们只好去书店买，花了一百多美金。

男生利用剩下的两天假日，不眠不休地又读又写，总算在星期一清晨写完一份报告，打个小盹，就赶去学校交了。

当天放学，听到男生进门，爸爸、妈妈和奶奶都急着叫他赶快吃点东西去睡觉。

却见男生一皱眉说：“不能睡啊！我得准备明天的考试。”

他爸爸跳起来问：“你不是一放假就准备了吗？”

“是啊！”男生哭丧着脸说，“可是，经过一个礼拜，都忘得差不多了。”

故事说完了，好笑不好笑？你猜那小男生是谁？

是我儿子！

你说他那样计划九天的假期，聪明不聪明？

不聪明！

为什么？

因为他没有分事情的缓急轻重，没有把时间分成“大时间”与“小时间”。

想想，如果他能一放假就去图书馆借书，一次把写报告的参考书和消遣的小说都借来，先看参考书，用六七天去写报告，中间找同学聊天、看场电影，翻翻小说散心，再利用最靠近考试的两天准备考试，不是好得多吗？

他的错在于用大而完整的时间，做了细碎的小事，却等“事到临头”，才用有限的两天，赶大的报告。这样赶出来的东西，怎么可能得奖？不眠不休好几天，再准备考试，效果又怎么会好？

再举个例子——

有一年我带妻子到丹麦旅行，中午抵达哥本哈根，导游说下午自由活动，又指出美术馆和游乐园的位置，要大家自己决定去什么地方。

我们午餐后立刻赶到美术馆，出来已经黄昏了，便去游乐园，并在里面晚餐。

晚餐时碰上几个同团的朋友，他们问我去了什么地方，我说去了美术馆，还拿资料给他们看。就见他们传来传去，露出十分羡慕的样子，又议论明天早上是否还有时间。问题是第二天美术馆十点才开门，旅行团九点半就要去挪威了。

后来我才知道，他们下午在旅馆四周的艺品店逛来逛去，误掉了去美术馆的时间。

而我，晚餐后再逛商店，居然还给太太买到一串带小虫的琥珀，给女儿买了个“益智积木”，没比他们少看到什么。

第二天，当游览车从美术馆前开过，只见那几个人摇头叹气。

你说，他们为什么错过机会?

因为他们没能把握“大时间”逛美术馆，而在“大时间”做了“小时间”（逛商店）的事。

再做个有意思的假设吧——

假使有人告诉你“你还有七十年的寿命”，你要怎么过?

你当然可以做长远的计划，积极地、稳健地向前走。

但是如果他改了，对你说:“你还有七年时间。”

你就可能把握机会，多读一些书、多看看这个世界、多做些有意义的事。

又假使更可怜，他说你只有七个月了。

你要怎么做?

说不定你会安排旅行、环游世界，去你梦想造访的国度。

可是，如果他说你只剩下七天了。

你当然是跟最亲爱的人相聚，交代身后事。

又如果那是最后的七分钟，怎么办?

你则可能拉紧你最爱的人，平静自己的心，面对人生的终了。

请问，你能在剩下七年寿命时，用七天的计划，又在只剩七天的时候，想去环游世界吗?

当然不行!

中国有句俗话——“杀鸡焉用牛刀”。只是许多人在用时间上，都犯了“杀鸡用牛刀”的毛病。等到杀牛的时候，却发现只剩杀鸡的小刀。

所以当你有一段假期，别急着办小事。

静下心想想，有多少需要“大时间”完成的大事。

先把那些大事完成吧！

先与后
照亮你自己

> 那非但是看到你要做的事，而且呈现了你已完成的事、你的成绩和对未来的计划。所以，那也是一面镜子，照亮你自己。

我在外面演讲的时候，谈到用时间的方法，常会考大家一个问题。

题目是这样的：

> 我家住在长岛，距曼哈顿相当远，可是当我拍了幻灯片，都得送到曼哈顿的专业店冲洗（大

约要四小时冲好）。每次我进城，除了冲洗，一定顺便逛逛美术馆和书店。这三个地方的距离不远，请问我应该采取下面哪一条路线？

一、先把幻灯片送去冲，而后去买书，再去美术馆，再回去拿冲好的幻灯片。

二、先去美术馆，再去买书，最后去冲洗幻灯片。

三、先把幻灯片送去冲，接着到美术馆，而后去买书，再拿冲好的幻灯片。

四、先去买书，再去冲洗幻灯片，接着去逛美术馆，最后回去拿幻灯片。

答案是什么？

当然是三。因为冲洗幻灯片需要最少四小时，我不能选二，站在那儿苦等；选一也不妥，因为买了书，再去逛美术馆，很不方便，搞不好买的是本大厚书，一路提下来，把手都勒紫了。至于四，非但书重，而且很可能逛完美术馆，幻灯片还没冲好，得等半天。

比较起来，当然是先把幻灯片拿去冲洗，轻轻松松逛美术馆，再去书店买书，最后回到冲洗的地方比较聪明。到时候幻灯片冲好了，如果只有几张，连盒子都不用，往书里一夹，打道回府，不是好极了吗？

当你有许多事要做，又一样也不能省的时候，最重要的就是安排顺序。你会发现顺序不同，能造成极大的差异。

记得我以前在电视公司新闻部工作的时候，每天早上黑板上都写着一条条新闻。譬如九点钟有重要会议和某运动会开幕；十点钟有外宾来访和重要展览揭幕；十一点有抗议游行和重大刑事案件的记者会；十二点有某团体午餐会议和某广场民俗表演……

因为在同一时间常有一堆新闻得采访，所以必须由长官安排路线。

妙的是，当不同长官安排时，常产生很大的差异。聪明的长官可能用三组人，就能应付一天的新闻，而且每组都游刃有余，一点也不赶。

碰上不怎么灵光的长官就不同了，他可能用五组人，连工友小弟都派去“打灯光”，还搞得手忙脚乱。

为什么有这样大的不同？

因为调配的先后——技术高明的长官，能先把位置和交通看好，再计算每则新闻要花的时间和堵车的可能性，甚至把播新闻时可能放在前面播还是后面播都考虑进去。据我观察，那特别会安排的长官，总是先花时间一点点算好，再分派工作。至于那个不上路的，则“耍帅”，慌慌张张、毛毛躁躁，没想清楚就下令。

我也记得英国撒切尔夫人做首相时，有人问她日理万机，甚至还常下厨，是怎么办到的。

撒切尔夫人答得很简单：

“我只是准备个小本子，把要做的事写在上面，每完成一件，就划掉一项。”

我当时很不以为然，但是后来用同样的方法，却愈来愈觉得有道理——

第一，当每样事都清清楚楚列在眼前的时候，可以像安排新闻路线那样，依照轻重缓急排列。

第二，记忆再好的人也会疏忽，这样一条条列下来，不容易遗漏。

第三，好像入伍服役的人，在床头挂个日历，过一天画一格。当你每完成一件事就删去一条，会有成就感，能鼓舞士气。

第四，那成为一个清楚的工作日志，以后可以随时回头检视。

如今，我更进一步，在记事本上以不同颜色的笔来写——

红色，记文学、绘画的创作。

蓝色，记下创作送去发表的地方。

绿色，表示出版的本数和书名。

黑色，记录日常事务。

当我这样的时候，由于一清二楚，首先不致“一稿两投”闹笑话。其次有个好处，是我可以由那三种色彩的距离，随时检讨自己是不是在某些时段太少创作，又在某些时间太少发表。还有，当红笔和绿笔注记太多的时候，我又得反省一下，自己是不是成为工作狂，应该放慢脚步，出去充电了。

希望你也能准备这么一个记事本。不必开电脑、不必用鼠标，只要伸手就能翻阅，一目了然地看到自己。

对！那非但是看到你要做的事，而且呈现了你已完成的事、你的成绩和对未来的计划。

所以，那也是一面镜子，照亮你自己。

第四章 记忆

久不走的脑，荒烟蔓草。

◇◇◇◇◇

脑就像地球。里面可以走路，可以坐车，可以乘磁悬浮列车、子弹列车，还可以上轮船、搭飞机。但是有些人的脑里只见几条大路，中间虽也有连接的小径，却因为久不走而变得荒烟蔓草。

路是人走出来的，脑是人用出来的。那十的十四次方个“神经元”，足够用三辈子。不怕人狠狠地用，发挥最大的脑力，只怕人不用，反而变得“大脑简单”。

绞了许多脑汁，又看了许多脑的医学专书之后，写成下面这十一篇最基础的记忆方法。希望大家读了之后，最起码像我一样——看我还挺聪明！

◇◇◇◇◇

带氧法
给脑子进补

你愈运动，红细胞带氧的能力愈强，一方面增加了体力，一方面因为进入脑的氧气和养分增多，也加强了你的智能和记忆力。

年轻朋友抱怨学校把数理课安排在体育课后面，运动完，还满身大汗就要赶去上数理课，不可能表现得好。

我则笑笑安慰他们："怎么不说因为在体育课之后，刚运动完，血液循环好，红细胞带氧的能力强，使你对数学的理解力增强了呢？"

有些人大概以为我在开玩笑，其实我是有道理的。我曾看过一则路透社的新闻，说美国《发展心理学期刊》登了宾州大学的研究报告——

> 十岁的女孩如果花较多的时间做男孩子体育竞赛的活动，不管当初对数学有没有兴趣，两年后普遍会对数学的兴趣增强。相对地，如果男孩花较多时间做女孩比较喜欢的活动，像是弹奏乐器之类，两年后的数学成绩也会比较好。

所以研究人员建议父母别让女儿跟同性的孩子成天腻在一起，又教男生的家长要把玩疯了的孩子抓回来，做一点静态的活动。

看了这文章，我心想：或许女孩子在体育竞赛之后数学进步，是因为她们的血液循环更好了，使大脑得到更多氧，帮助了数学思考。至于男生，又因为成天打球游泳，不容易静下心，所以学点静态的东西，也能帮助思考。

我又想，过去大家都认为男孩比女孩擅长逻辑性的思考，而且男人比女人能辨认方向，会不会也因为女孩在成长过程中太静了，她们不像男生跑跑跳跳、串东串西，造成红细胞带氧的能力较差、体力不如男生，也少了辨认方向的训练？

“红细胞带氧能力”是非常重要的。

我们的身体像个大公司，有好多好多部门，里面的人要吃要喝，必须由专人运补。红细胞就像那运输工人，有些公司的人员训练精良，效率高，每个工人都能运很多东西。又有些公司的人员能力差，每人只能带一小包。这两个公司比起来，当然前者营运会比较成功，对不对？

我们的身体很妙，也可说上天很神妙，“天助自助者”，它对需要的人特别照顾。

譬如骨质疏松的人，做重力训练特别有帮助；老年人多用脑，又有助于防止老年痴呆。也可以说，你愈不用，老天爷愈认为你不需要，而把东西早早收回。

同样的道理，你愈运动，红细胞带氧的能力愈强，一方面增加了体力，一方面因为进入脑的氧气和养分增多，也加强了你的智能和记忆力。

我读过《都是脑子惹的祸》（王秀园著，童心房出版），对其中一章印象非常深刻。

那是作者引述美国国家心理医生研究中心吉野德（Dr. Tay Gield）的研究结果，发现小脑是最不受先天影响，最能用后天加强的。换句话说，如果一个人天生不够聪明，那么他可以借着运动、加强小脑的功能来弥补。

一般人以为小脑只管运动、平衡，四肢发达、头脑简单的人，才会用到的。岂知小脑既像“军师”又似“传令兵”，能把重要资讯运送到大脑的相关部门。

作者还说很多青春期的孩子面对升学压力，认为体育最不重要，整天坐在桌前看书。其实如果能间隔一下，做些有氧运动，能提升高达百分之二十至三十的学习效率。

许多学校，为了升学，把体育课都取消了，成天逼孩子埋头苦读，硬往脑子里塞东西。岂知适度的运动非但不浪费时间，而且是帮助你增强脑力与体力的最好方法啊！

浸润法

如果你长了奇怪的脑袋

我把“读”进去，变成“扫”进去；把“强记”改为“潜移”。居然大部分的重点，渐渐自然植入脑海，后来反比那些死背的同学记得牢。

相信你一定早听说，我小时候功课不怎么好，尤其高中，因为高二休学，下一年改教材，使我跟不上。又因为参加许多社团活动，不是编校刊，就是搞社团。还四处参加比赛，总请假，所以年年都两科不及格，幸亏老师高抬贵手，才没留级。甚至一直到毕业前两个月，我参加模拟考，都从来没上过榜。

但是我居然用最后两个月，进入了第一志愿。

如果你问我为什么这么神，我的答案是：因为我用了特殊的读书方法，产生了事半功倍的效果。那特殊的方法之一，是“浸润法”。

我们常说一个人在某方面“浸润”或“浸淫”很深。又说某人是“家学渊源”，受到“潜移默化”。这些形容词，讲的都是“在环境中，不知不觉地学习”。

举个简单的例子，我儿子小时候，我在家里的日常用品上，都贴字条，写着“门”“窗”“桌”“椅”“冰箱”“电话”“电灯”……因为他才两岁，我只是贴，并不教他念。

但是，隔不久，我把那些字条揭下来，一张张问他，他居然立刻说出是什么。这就是“浸润法”的效果。

“浸润法”基本上是自然发生的，如同“孟母三迁”，讲究学习环境，但是如果能加一点“有意”的力量，效果会更好。

我就曾经在刚到美国的时候做实验，每天坐巴士上下学途中，一路盯着路过的招牌看。那时候我的英文烂透了，几乎处处是生字，我先不查字典，看橱窗里的东西，猜它招牌上的字。隔一阵，还不懂，才查字典。

上午查，可能中午就忘了，可是跟着坐巴士又看到，死命想，想不出来，又回家查字典，写在纸条上放进口袋，再记不起的时候，就拿出来瞄一眼。

看一次两次，加上每天上下学一路看。居然没多久，自自然然地背了两百多个生字。一直到今天，我都记得当时最不会记的是礼服店招牌上的TUXEDO（无尾礼服），而且眼前浮现那家礼服店门口的样子。

我发现用这种“浸润法”学到的东西，因为跟生活结合，所以特别记得牢。

我儿子十八岁时跟着我到祖国大陆旅行一个多月，学会了简体字，也是靠这方法。因为我一路指着路边的招牌问他：“这是什么字？”

一次两次三次，你想想，烦不烦？

对！烦！问题是：愈烦印象愈深刻。

刚才我提到总不记得TUXEDO这个词，你可能觉得奇怪，想我为什么连只有六个字母的词都记不住。

没错！因为我笨！也可能因为我脑袋长得不一样。你要知道有些人天生会“读书”，但不会“用书”；又有些人很聪明、很机灵，却不会读书。

你千万别认为那些不会背单词、不会应付考试的人就笨，他们也可能因为脑袋长得不一样。如果他们像我一样，早早认识自己的弱点，找出解决的方法，打开属于自己的那扇门，就可能一下突破，甚至比书呆子强十倍。

我很早就发现自己脑袋有“死角”，许多简单的东西，硬是记不住。

于是好像打仗，发现敌人守得太好，我久攻不下，立刻改变战略，由“攻坚”，改为“包围”。无论念历史、地理、英文或国文，只要碰上不容易记的东西，我就“跳过”。但在跳过之前，会把那记不住的重点或单词写在课本或参考书的最边上。

正因为在最边上，每次翻书，我的眼睛都会掠过。而且当我读后面几章的时候，一定先快速地把前面几章翻一下，使那些“重点”一次又一次跳进眼睛。

也可以说，我把“读”进去，变成“扫”进去；把“强记”改为“潜移”。居然大部分的重点，渐渐自然植入脑海，后来反比那些死背的同学记得牢。

为什么？

因为那就像我看街边的招牌，不断闪过，不断闪过，仿佛在底片上“重复曝光”，深深地“印”在了脑海中。

悬念法

因为记得，所以拥有

如果你想牢记一件事，最好的方法就是重视它，念着它。你会发觉，只要悬在心中，就能产生很好的效果。

晚餐的时候，我夹起一块火腿问女儿：“《论语·述而》篇里孔子跟干肉有关的句子是什么？”她想了半天，答不上来。直到我说“自行束脩……”，她才接“以上”，却又想不起下一句——“吾未尝无诲焉”。

接着我问她：“‘有教’，下面两个字是什么？”她也想了好几秒，才答出“无类”。

我又问她，孔子说："'举一隅不'怎么样？"她耸耸肩说："好像是想到另外三个桌角。"

当我怨她怎么不久前教的东西，却忘得差不多的时候，她还不服气地讲她功课那么多，要想的事那么多，当然很容易忘，又瞪我一眼，说："爹地是怪胎，记性好，所以会背那么多东西。"

我女儿错了！其实我的记忆力一点也不比别人好，我之所以能把以前念的，像是《岳阳楼记》《桃花源记》至今倒背如流，都因为我用了一种特殊的记忆方法——悬念法。

其实每个人都会悬念。譬如有个同学对你说三个月后的今天要请你去他家玩。如果你跟他不是深交，对他家又不好奇，很可能三个月后，除非他再提醒你，否则你早忘了那个约定。

但是相对的，如果总统说他三个月后的今天，要请你去做客，你就绝不会忘。

为什么？

因为你重视他，把那邀约看作大事。在下面三个月当中，天天念着，当然不会忘。

同样的道理，如果你今天读了一个月之后要考的东西，就算这一个月当中，你再也没机会复习，恐怕到考试，顶多只忘了三分之一。

相反的，考完才两个礼拜，你却可能忘掉一大半。

为什么？

因为考试过了，你放松了，不再悬念。

人的脑子很奇妙，你不但“日有所思，夜有所梦”，而且如果第二天早上有重要的事，就算睡得极熟，不等闹钟响，也可能自己醒来，表示梦中还悬念着。

所以如果你想牢记一件事，最好的方法就是重视它，念着它。你会发觉，只要悬在心中，就能产生很好的效果。

譬如今天学的东西，你现在记住了，明天八成忘记，但是今天晚上用心想、用力想，还可能想起来。

你就在晚上想想，把它想起来。

明天你再回想，就不会太困难了。

进一步，如果你明天晚上想，想起来了。后天晚上则可能轻轻松松就想得起。又因为复习了许多次，记得比较结实了，就算接下来一个礼拜没有复习，到我考你的时候，也可能答得上来。

据研究，我们做“短期记忆”和“长期记忆”是在大脑不一样的地方。多半的东西，都放在短期记忆里。譬如你要打电话给某商店，翻电话本，找到那号码，记住了，接着拨电话、讲电话，电话还没放下，已经把号码忘了。算来那“短期记忆”不过几分钟。

又譬如出去旅行，每个旅馆的房号都不同，你到一家记一家，而且住在那旅馆的几天都记得，从不会走错房间。

妙的是，你才到下一站的旅馆，有了新的房间号码，如果接着有人问你：“上一家旅馆房号是多少？”

你已经答不上了。

算起来，那房号的记忆可能只维持三天。

由此可知，当你要学很多东西的时候，确实可能记了新的，忘了旧的。问题是，如果你学到的每样东西，都只放在脑子里的“短期寄存仓库”，你的学问可能丰富吗？那好比赚多少花多少的人，是不可能有积蓄的。

我大学时代有位很平凡的教授，他曾留学日本，只会把日本教授教他的照样搬来教我们。但他讲过一句话，我一辈子不会忘。

他说：“今天我说出来，写在黑板上，你们记住了，就成为你们的东西，不再是我或我日本教授专有的，没有人能抢得走。”

想想，这世上哪样财宝别人夺不走？那些都是“身外之物”，被抢去，你就没了。只有学到的知识，存在脑海中，是你能真正保有的。

所以我建议你，用“悬念法”学习。先去重视你学到的东西，再常常想它念它，使它扎根在你“长期记忆”的仓库，让你拥有一生。

延伸法

勾出你的美梦

这种方法经过训练，可以使你回忆和联想的速度加倍，好像网际网路，延伸到不同的地方。

大约在我四岁的时候，有一天家里来了位摄影家，他先在客厅支好三脚架和灯光设备，又把我的小藤椅放在纸门前面，再叫我穿上皮鞋和花衬衫，坐在椅子上。

灯光从两边射来，好亮。只记得摄影家要我身子向前倾，又教我把两只手握在一起，然后咔嚓咔嚓，照了好多张。

五十多年过去，我一直记得这一幕，你猜，为什么我能记得这么清晰？

因为照片！

大概家人很欣赏那天拍的效果，没过多久就把照片放大挂在客厅里，后来虽然进了相簿，我还总是翻到。也因为每隔一阵，我就看到那照片一眼，产生提醒的效果，自然而然让我想到四岁时照相的情景，甚至能想起摄影师怎么拉着我的小手，将手指交叉在一起的细节。

每个人都可能有这样的经验。譬如有一天，我问我女儿记不记得第一次到迪斯尼乐园，离开的那天她要赖，不愿回家。

她说记得，因为录影带上拍到。她甚至记得两岁之前住的湾边的家，有黄色的沙发。而当我问她为什么能记得时，她也说因为看录影带，可以模模糊糊地想起来。我又问，如果没有录影带，可不可能想起，她则摇摇头。

现在就进入我要谈的主题了。

上次说到要用悬念的方法，不断回想、复习，使学到的东西能牢记不忘。问题是，如果每次都把旧东西“整个”想一遍，就算你选择的东西不多，也不可能有那么多时间复习经年累月积下的功课。

这时候，你就要懂得提纲挈领，也可以说用“悬念”；

但是只能悬念一点点，要“以小博大”，好像提起一个挂钩，就拿起整件大衣。

这么说，你可能还不懂，让我举两则最常见的例子——

你有没有发现，一个电视广告能长达一分钟，演出很精彩的故事？

但是广告费太贵，那一分钟的广告很可能不久之后缩短为三十秒。许多画面被缩短了，但是你还能了解整个剧情。

又隔一阵，那广告又“减半”，缩成十五秒，甚至十秒，只跳出一些重点画面。对于从没看过“完整版”的观众，根本不知演什么。但是对你不一样，你居然还能用那十秒钟回溯整个故事。

再过一段时间，电视广告也没了。有一天，你在报纸上看到一张照片，是那电视广告中的一个镜头。

天哪！居然就那么一张照片，也能令你想起整个广告。

那张照片就像是一个钩子，勾出了整件大衣、整个故事、整个事件。

再举个例子——

早上醒来，你记得前一夜的梦，如果不写下来，可能才刷牙就已经把梦忘了，只记得自己做了梦，怎么都想不起来内容。

可是如果你在床头摆了纸笺，一醒就记下梦境，甚至只写几个字，譬如你梦见回到以前上的小学，就只写“小学”两个字。

恐怕一直到晚上，只要你静下心，拿起那张纸条，看到上面写的“小学”，就能一点一点记起昨夜的梦，而且愈想愈多，把整个梦的细节都想起来。

那“小学”两个字，是什么？

是钩子，勾出你整个梦境。

由此可知，“悬念法”悬的是重点，有时候甚至只有两个字或一个画面。如同我小时候那张照片，总被我不经意地看到，就能使我记住整个拍照的过程；也像我女儿小时的录影带，能帮助她回忆。

悬念法要由繁入简，而且愈简愈好，如同那电视广告，慢慢缩短，由一分钟到三十秒，到十秒，最后只剩下一个画面，连一秒都不用，就可以产生十足的效果。

这种方法经过训练，可以使你回忆和联想的速度加倍，好像网际网路，延伸到不同的地方。这技巧有许多种，让我在下面几章为你一样样介绍。

提示法
使你的思想飞跃

在我们浩瀚的脑海，一定存了许多许多东西，只要我们改进“搜索”的技巧，很多模糊的记忆，都可以被想起来。

我写文章，找资料，问儿子记不记得有个故事说的是，有人带了个犯错的妇人去见主事人，问主事人是不是该扔石头把那女人砸死……

儿子当时摇摇头，说：“不记得。”

我又去问太太，她也说不清楚。

于是我上网找，才一下下，就找到了出处。

还有一天，我想到曾经读到一篇文章，说美国第二任总统约翰·亚当斯表示他研习军事、政治，是为了使他的儿子、孙子能学习文学、艺术……

因为不确定原文，又去问女儿和太太，也没有答案。所幸我上网，没几分钟就查到。

我太太还大为佩服，问我怎么找到的。

其实一点也不难，关于那个故事，我打“石头扔女人”，电脑上跳出一堆东西，我一条一条筛选，找到相关的再“进去”看，就找到了。

至于约翰·亚当斯的话，我打出他的名字，跳出一堆有关音乐的，我跳过，只看政治方面的。没多久，居然在一个杂志的网站上找到一篇文章，提到这件事。于是查出原文。

由此可知，网上有一大堆资料，甚至可以说要什么有什么。但是并非人人能找到，你必须由不同的角度进入，才能从那资讯的大海里捞出需要的东西。

我们的脑子也一样。

有一派心理学家认为，任何事情，只要经历，就会留在脑海。连最平常的事，都记录在大脑的某个角落，平常完全没印象，但是如果经过催眠，就会重新回到“现场”，说出每个细节。

可不是嘛！相信你在电影里一定看过，催眠师问被催眠的人："你现在又回到那个房间，你看到书桌了吗？在那桌上放了什么东西？"

被催眠的人很可能说得出："看到台灯、一本书、一杯水、一支笔、一把刀！"

于是悬案就因为这么一个线索而破解了。

虽然我们无法在考试的时候自己催眠，但是从前面举的这些例子，我相信，在我们浩瀚的脑海，一定存了许多许多东西，只要我们改进"搜索"的技巧，很多模糊的记忆，都可以被想起来。

今天，我就要跟你讨论这技巧中的"提示"法。

什么是"提示"？

考试的时候，大家不知怎么答，有时候会求老师："给一点提示嘛！"

体贴的老师很可能一笑，说出几个字。就由那几个字，大家恍然大悟，立刻奋笔疾书，写出答案。

背书的时候，提示就更管用了。

你在背不出下一句的时候，很可能别人只说出一个字，你就想起来了。

那老师的一个暗示，或别人说出的一个字就是"提示"。

懂得念书的人一定要多利用“提示”。不是等别人提，而由自己给自己提示。

举个例子，你背王维的五言绝句《相思》：

红豆生南国，
春来发几枝。
愿君多采撷，
此物最相思。

你可以由一开始就从头到尾背，也可以只看一遍把每句最后一个字挡着，开始考自己：

红豆生南……国，
春来发几……枝。
愿君多采……撷，
此物最相……思。

接下来，你挡两个字，又想出来了。再改为挡住三个字、四个字。

最后，只要看“红”，就想到下面的“豆生南国”；只要看“此”，就想到下面的“物最相思”。

你可以做个比较，很可能发现用这种方法背，比你从一开始就摇头晃脑，整首朗读的背诵法来得有效。

为什么？因为如果一遍又一遍念，常成为机械式，不够用心。许多人背不下东西，不是因为笨，而是因为他们天生就不容易集中注意力。但是当你改为“提示三个字”，接着对自己说“考你！你说！下面两个字是什么？”的时候，那压力加大了，肾上腺素分泌增加，学习的效果也就加强了。

更重要的是，你可以把这“提示法”用在前面说的“悬念法”当中。

想想，如果你在书本边上，写下许多这样的“提示”，譬如那一页是杜甫的《春望》，你写“国、城、感、恨、烽、家、白、浑”，不过八个字。每次你翻开那一页，先不去看“课文”，先由那八字“提示”默想全诗，是不是可能只要四五秒钟，就“飞快”地掠过？

于是，你不必再去看课文，又可以翻下一页。

任何书，管它是生物、地理、历史或物理，你都可以把每一页最重点的东西“浓缩”为几个字的“提示”，经由那些提示想整章内容，绝对比直接看课文来得“费脑筋”。

对！费脑筋！

愈费脑筋，脑筋愈灵光。你要学着运用脑力，强迫自己集中注意力，去思想、去搜索、去诘问。渐渐地，你思想的速度会愈来愈快，进入跳跃思想的境界。

节奏法

抓住心灵的节奏

当你背书和记数字的时候，如果能先把冗长的句子分段，使它与你心灵的节奏相合，远比你直愣愣地硬背，效果好得多。

我拿了两张银行的提款卡给女儿看，要她比较有什么不同。

她看来看去，还翻过背面研究，笑说两张都是十六个数字，但一张是连续的，一张是分成三段，每段四个数字。

“答对了！”我说，“你知道为什么那个银行用不一样的方式打数字吗？我没问过银行，但我猜，八成因为他们发现十六个数字太长了，如果分成四段，比较好记，也比较好认，所以后来做了改进。我也相信，现在无论哪家银行的提款卡或信用卡，都把数字分段，是基于同一个原因。”

那么，就让我谈谈记忆的节奏。

许多事可以证明，我们的记忆在有节奏的情况下，能发挥得更好。

譬如唱歌背歌词，比背书快得多。但是当有人由歌曲中间一段问你，下面是什么词的时候，你可能得重新由那首歌的开头想起、唱起，直至唱到那一句，才把歌词想起来。背文章也常这样，有人突然考你：“白居易《琵琶行》中，‘似诉平生不得志’下面是什么？”你可能会由“千呼万唤始出来，犹抱琵琶半遮面。转轴拨弦三两声，未成曲调先有情。弦弦掩抑声声思，似诉平生不得志”接下来想到的是：“低眉信手续续弹，说尽心中无限事……”

为什么会这样？

因为我们记忆的节奏。

所以押韵的文章和诗词比不押韵的好背，流畅、合乎语言节奏的又比佶屈聱牙的好背。

更重要的是，同一个句子，当你用不同的方式去“分段”或“停顿”的时候，也能产生很大的“记忆差异”。

举个例子——

五言诗绝大多数是“二三断位”，也就是分成“两个字”“三个字”来读。譬如李白的《静夜思》：

床前　明月光，
疑是　地上霜。
举头　望明月，
低头　思故乡。

如果你改成“三个字”和“两个字”的分段：

床前明　月光，
疑是地　上霜。
举头望　明月，
低头思　故乡。

虽然文字不变，意思也没有差异，却比较不对劲，不容易念，而且不易背诵。不信，你拿一首大家不熟的诗，用两种不同的分段法去背诵，八成“二三断位”的效果好得多。

至于七言诗，那断位又不一样，成为“四个字和三个字”的分段。

譬如王维的名作《九月九日忆山东兄弟》：

独在异乡　为异客，
每逢佳节　倍思亲。
遥知兄弟　登高处，
遍插茱萸　少一人。

你如果改成“三四分段”，成为——

独在异　乡为异客，
每逢佳　节倍思亲。
遥知兄　弟登高处，
遍插茱　萸少一人。

这感觉是不是要多别扭有多别扭？

绝大多数的五言诗，是“二三”断位，七言诗是“四三”断位，因为那合乎我们生理与心理的节奏。

同样的道理，当我给你一串数字，中间完全不断开的时候，你很不容易记。连打电话时，如果数字太长，都容易出错。

随便举个例子：

482836915718423O

你先试着全不分段，就像死读书、照本宣科，一路念下来，是不是很难？

但是当你分成四段：

4828 3691 5718 4230

再念，就容易多了。

此外，我曾读过一篇研究报告，说中国人比美国人、日本人记数字的本事都大，能一次记得多，而且记得快。

原因不是中国人特别聪明，而是由于汉语读数字比较简单、比较快。

可不是吗？

一二三四五六七八九十

你用中国话，才一秒钟就念完了。

但是改成英语时，five, seven 和 eight 各有两个音节，six 有三个音节，整个算起来，比中国话多了五个音。

换成日语就更多了——

日文音读还简单一点：

ichi ni san yon go roku nana hachi kyu ju（いち に さん よん ご ろく なな はち きゆう じゆう）

再换一个说法，可麻烦了：

hitotsu futatsu mittsu yottsu itsutsu muttsu nanatsu yattsu kokonotsu too（ひとつ ふたつ みっつ よっつ いっつ むっつ ななつ やっつ ここのつ とお）

天哪！由一说到十，日语居然要用二十五个音节，够不够烦？够不够慢？是不是足以影响他们处理数字的速度？

由以上我这些分析，你可以知道，分段落和掌握节奏，是加强记忆非常重要的方法。当你背书和记数字的时候，如果能先把冗长的句子分段，使它与你心灵的节奏相合，远比你直愣愣地硬背，效果好得多。

最重要的是，因为节奏能帮助你记忆，所以经过很长一段时间，就算当时背的东西都忘了，如果能重温那个节奏或旋律，还可能在模糊的记忆中把东西找出来。

现在你应该了解，为什么许多老人家用唱邓丽君歌曲的方式，能想起整首李后主的词——“春花秋月何时了，往事知多少……”

你也就知道为什么五六十岁的人，一直到今天，还能记得小学背的《武训兴学》和中学背的《木兰辞》的道理了。

注：据美国密歇根大学的相关研究报告，日本及美国学生在短期记忆中，平均能记得七位数字，中国学生能记九位数字，主要原因是中文平均一个数字的发音只需三百二十毫秒，英文则需四百二十毫秒。所以同样二点九秒，美国人只能记七个数字，中国人却能记九个数字。

想象法
想象你在掌声中

神秘雪域有一种所谓“观想”，他们做出特别的“手印”（手势），然后运用想象的力量，据说能使心想的事成真，或见到千里外的事物。

我要跟你谈一个很特殊的记忆方法——“想象法”。

不知你有没有听说，神秘雪域有一种所谓“观想”，他们做出特别的“手印”（手势），然后运用想象的力量，据说能使心想的事成真，或见到千里外的事物。

中国人也常祝人“心想事成”，还有很多人相信，如果集众人之力，譬如举行祈祷会，能产生很大的力量，使祈盼的事情实现。

对于用想象的方式改变现实，我不相信。但从科学的角度可以知道，“冥想”能够产生很好的学习效果。据说洛杉矶湖人队前主教练菲尔·杰克逊，每场比赛之前，都要在家里做最少四十五分钟的想象；运动员也常做心理训练，想象自己的体能发挥到极致的感觉。

我看过一篇心理学家史蒂文·约翰逊（Steven Johnson）写的《解读大脑》，说一个背部受过重伤的跳水运动员，表现一直不稳定，但是经过内布拉斯加林肯大学“健康与人类行为学”教授蔡威用心理治疗之后，突然有了大的进步。

蔡威用的方法很特殊，他教那运动员在跳水之前，先想象自己会表现得多么优美。

我自己也早有这样的经验。

初学网球的时候，我总是发不好球，但是当我不断想象教练所说的正确的动作——只是想象哟！我并没有回家练，居然隔几天再去上课时能有不小的进步。

为了这一点，我又去找心理学的书看。在一位叫桑德拉·布莱克斯利（Sandra Blakeslee）的论文中，读到：“想象力能够提高运动技能……现在科学家终于明白，为什么当一个人想象自己能像迈克尔·乔丹那样投篮的时候，就真会在投篮上有进步。”

那是因为科学家发现，当你想象的时候，整个脑海会跟着你的想象发出信号，那信号虽没变成真正的动作，却能训练你肌肉之间的协调。好比旅游前把地图细细看一遍，到时候就能轻车熟路，仿佛旧地重游一般。

我有位乒乓球友，更证明了这件事。

他初来的时候，跟我打，每次都输。

但是才一个月，他竟然后来居上，球技突飞猛进。

问题是，他只到我家打球，没去别处练习，怎么突然进步的呢？

原来他借了一堆教球的录影带和世界大赛的光碟。他家虽然没有球桌，又没找人对打，但是他每天晚上在家盯着电视看，一边看一边在心里模仿。才短短一段时间，居然能打出“卡、磨、提、举”的高难度动作。

由此可知，你不一定要上球场才能练球，会练球的人可以通过想象来温习。同样的道理，你可以用想象的方式参加比赛或考试。想象在演讲比赛时，你走上台、行礼、称呼，并且开始讲，也想象你在演讲时的手势，甚至想象当你讲完时，台下响起如雷的掌声，你很成功地走下台。

对！你可以想象掌声，因为心理学家发现，想象可以增加自信。你不但能想象比赛、想象考试，还可以想象成功。自己告诉自己：

“不要怕！我一定会成功！我会是最棒的。”

我大学时，在体育系的乒乓球场，就看过这种“想象掌声”的练习方式。

那教练太有意思了，每次学生在练习时，打出精彩的好球，他就叫：“太棒了！世界大赛全场观众都在为你鼓掌了，快鞠躬！快鞠躬！”

就见那打出好球的学生，朝着四面墙壁，不断转身，鞠了四个躬，有的还举起双手，一副接受万人欢呼的样子。

据说这效果好极了，那球员真能想象自己置身世界大赛和万千观众面前，士气如虹，发挥全力。

想象的力量真是太大了，文学家如果没有想象，就不可能以有限的经验，创作出天马行空的作品。科学家如果没有想象，先大胆地“假设”，再小心地“求证”，就不可能有今天的成就。

连爱因斯坦的“相对论”，都是经过想象得来的啊！爱因斯坦说，他多年来一直在想，如果自己能骑在光束上飞行，世界会变成什么样子。当他搭电车经过伯恩的钟塔时，总望着钟塔想象“要是电车跑得跟光一样快，会是什么样子？”

结果，爱因斯坦用想象发现了“相对论”，二十五年之后，才由科学家以实验的方式一一证实。

你说，想象力是不是更伟大？

在你走路时、坐车时、无事在手时，运用想象力吧！让你的世界扩大，使你的思想奔驰。你会惊讶地发现：

“他在那儿，好像一动不动，什么也没做，居然就进步了好多好多！”

潜想法

请小鬼帮忙

他为什么有那样神奇的梦？很简单，因为他在“有意识”思考时，也把问题放进了“潜意识”。就算“有意识”放弃了，“潜意识”仍在偷偷地工作。

不知道你有没有这样的经验——

一、你跟朋友聊天，谈到某人，但是话到嘴边，你把名字忘了。停下来想了好几秒钟，大家都盯着你，等你说，但你实在一时想不起来，就说：“算了！真是忘了！”于是大家继续其他的话题，但是聊了好一阵，你突然触电似的说：“有了！刚才没想起的那个人叫某某某。”

二、你已经熄灯就寝，都要进入梦乡了，突然大叫一声“不好”，发现你忘了处理一件事。于是赶紧跳下床，把事情做完。

上面这种经验，大概人人会有，问题是你有没有想过，为什么已经被“搁下”的东西，会突然闪到眼前？

谈话时忘了某人的名字，你已经不再费脑筋去想了，大家也把话题扯到别处，为什么那名字还会半路“跳出来”？

睡觉时，你没有检查记事本，也没去想，为什么莫名其妙地，就有东西从脑海深处冒出来？

那些“天外飞来”的东西，好像躲猫猫时藏在暗处的小朋友，大家都出来了，他还躲着；当大家以为他已经偷偷溜回家的时候，他才突然出现，笑说：“喂！别忘了还有我呢！”

现在，我要跟你谈的就是这个躲在深处的小鬼——“潜意识”。

“潜意识”不是“下意识”。你每次进一个房间，都伸手去墙上摸开关，开灯。今天打开门，灯已经是亮的，你还是去摸开关，那动作属于“下意识”，常因为习惯造成。至于“潜意识”则比“下意识”更深一层，它常常是难以分析、推理的。它躲在那儿，随时会出现，也随时会作怪。

当然，我们不希望它作怪，只希望能利用它，暗地里帮我们做事。

许多成功的人，都懂得利用潜意识。当别人只用“有意识”思考的时候，他们多加了“潜意识”的帮助，就好像比人家多了半个脑子。

举个例子，一九五〇年诺贝尔文学奖得主，大思想家罗素（Bertrand Russell），就很明白地在回忆录里说他怎么利用潜意识。

他说当他还年轻的时候，每次面对难题，都怀疑自己没能力解决，甚至烦躁到有些神经质。但是渐渐发现，硬去想，常常只是浪费时间，反不如把那个题目先苦思一阵，接着抛开，放到潜意识中思索。过一阵子再想，问题就容易多了。

罗素还说这么做有个好处，是他可以利用那段交给潜意识思考的时间，去做其他的事。

爱因斯坦也说，他“因为苦思，常常弄得头晕目眩，不得不躲开几个星期”。但那不是真的躲开，而是放到潜意识里思考。所以在丹尼斯·布莱恩（Denis Brian）的《爱因斯坦传》（*Einstein：A Life*）里说：“（发现相对论的）前一天，爱因斯坦失望地回家，心想要从已知的事实里发现真理，根本不可能……不过第二天醒来时，他非常激动，说他的脑袋好像经历了一场大风暴，答案居然找到了。他终于开启了上帝的智慧，解答了宇宙的奥秘。”

还有个例子，是关于德国化学家凯库勒的。你知道他是怎么发现苯的分子结构的吗？

他跟当时的科学家一样，整天想，想不出来。直到有一天晚上做梦，梦见有好多原子在他四周旋转，那些又大又奇特的长链子，像蛇一样扭曲。突然，一条蛇咬住了自己的尾巴，变成环状，柯库尔好像被闪电击中般醒来，接着发表了苯分子的环状结构。

他为什么有那样神奇的梦？很简单，因为他在“有意识”思考时，也把问题放进了“潜意识”。就算“有意识”放弃了，“潜意识”仍在偷偷地工作。

我自己也有个深刻的体验。发现当我专心写“深情系列”的时候，看什么都能联想到情爱，成为抒情散文。但是改天，专心写小说时，无论看电视、翻报纸，又总有活生生的故事跳进眼睛。

所以我曾在《萤窗小语》里说："如果你想要抓住灵感的云雀，就要时时准备好网子。"

我们非但日有所思，夜有所梦，而且当你像罗素和爱因斯坦一样，先苦思一阵，再把那东西放掉，却又偷偷悬念的时候，它就进入"潜意识"。也可以说，当你带着"它"在脑海里的大路上跑一阵之后，可以把它放进路边的草叶，让它自己找路，在深山野径里奔跑。

我绝不是乱说。据研究，我们左右两边的大脑是可以各自思索的。有些人因病，不得不将两个脑中间的"胼胝体"切开，居然能够同时拥有两个"心智"。还有些人因病而半边脑萎缩，居然还能过得好好的。由此可知，我们甚至可以用左脑想一件事，用右脑想另一件事。

我也记得医生谈到脑出血时说：脑里有很多很多路，当这个地区毁了，路不通了，脑里会自动想办法绕道，开出新的路。正因此，许多患脑出血而不能说话、不能行走的人，能逐渐康复。

而且脑里的道路，有大有小，那些小路，你一阵子不用，就杂草丛生，相反地，愈是用的人，愈是畅通，而且能把小路走成大路，思想得更快、记忆得更好。

无可否认，潜意识思索这个题材可能深奥了点，但是听我说这许多，相信你应该有了一点概念——当你苦思不通，使自己陷于焦虑的时候，不如先放下，去做别的事，让问题在潜意识中酝酿。

但是注意哟！你先要把它当件大事，才能驱动潜意识。如果你根本不在乎，或一“放下”就“全放下”了，完全不悬念着，就不可能让潜意识发挥作用。

陈述法

认识自己，才能成功

念书时与其事倍功半地死背，不如花点时间，先去编织和串联书里的材料，达到事半功倍。

你知不知道“十二星座”的名称和次序？

我原来不知道，但是后来流行星象，心想也应该懂，于是随手拿起一本杂志，翻到“星座运势”，花了两分钟，就把十二个星座全背了下来。

你别惊讶，我怎么才花两分钟就背下十二个星座，而且连次序都记得。那是因为我用了特殊的方法。不信，现在我教你，你也两分钟就记得了，而且可能一辈子都不会忘。

先听我说个故事，并且开始计时。

从前有一只羊跟牛结婚，生了两个孩子，长得很巨大，像狮子一样壮，他们爱上一个处女，天天跟处女在一起，成了色魔，结果被变成了水瓶里的两条鱼。

然后，你用那故事再想一遍——

从前有一只“白羊”跟“金牛”，生了“双子”，长得如“巨蟹”，像“狮子”。爱上“处女”，“天秤”“天蝎”，成了“射手”“摩羯”，变成“水瓶”里的“双鱼”。

算算时间，只怕你连两分钟都不到，就记得了。对不对？

再问你个题目，你一定知道《华沙条约》吧！你能不能说出一九五五年签约的八个国家？

好，如果不记得，我说给你听，你想办法用脑子记。

那八个国家是苏联、捷克斯洛伐克、保加利亚、匈牙利、德意志民主共和国、波兰、罗马尼亚和阿尔巴尼亚。

说完了，你能记住几个？

就算你都能想得起来，只怕也很费力，而且如果明天我再问，你八成会忘掉一些。

但是换个方法，再听我说个故事：

我有个兄弟的老姐，死抱着菠萝吃。

再改简单一点：

阿兄的姐，死抱菠萝。

从这句话，你是不是立刻可以想起——

阿尔巴尼亚、匈牙利、德意志民主共和国、捷克斯洛伐克、苏联、保加利亚、波兰和罗马尼亚。

为什么通过“说故事”的方法，可以加强记忆？

因为我们的大脑在记忆时，可以分为“陈述性记忆”和“非陈述性记忆”，它们甚至存在于大脑的不同位置。前者容易记，后者不易记。

心理学上有个很著名的实验——把下了一半的棋局，给下棋高手，只看几秒钟，那高手就能把整个棋局记住，一点不差地照样摆出来。但是如果把棋子乱摆一通，再给那高手看，然后要他回忆，高手却办不到。

为什么？

因为前者有理路可循，属于“陈述性记忆”，后者毫无意义，是“非陈述性记忆”。

也可以这么比喻，我们的记忆很像桌子，一只脚、两只脚的桌子不容易站，但是三只脚以上就能很稳。那“陈述性”的记忆，因为不是单独的东西，而与其他的情节相联，所以容易记牢。

再想想！当你记长串的数字时，是不是愈能联想到情节的数字愈容易记？像我，到今天都能记得小学时一位同学的电话，因为那号码是28395，我用“两把三脚壶”去记。

又譬如我们刚来美国的电话，只要告诉朋友一次，他们就能记得。

那电话是“5913877”。

说起来有点难听，是“我揪你三八鸡鸡”。

难听归难听，你是不是也一下子就背起来了？连我上个月开同学会，大家还都能记得，拿来开玩笑呢！

还有，著名作家赵宁，以前有个电话是“5711438”，他告诉朋友那是“我妻一一是三八”。

我才听一遍，也记到今天。

聪明人不但自己用这活的方法记名字和数字，甚至懂得教朋友，使朋友记得牢。

譬如多年前，一位新认识的朋友告诉我，他的电话是“251414”，接着笑说：

“你可以这么想——‘爱我意思意思’也可以把‘一’说成‘要’，成为‘爱我要死要死’。”又笑笑说，“要死要死大概不好听，你还可以用音乐去想，14是‘DOFA’，就是‘都发’。你爱我，我们就都会发。爱我都发都发。”

你说，我能不一下子记住，而且记到今天吗？

我不清楚，你是不是特别会“陈述性记忆”，又不善于“非陈述性记忆”的人。因为每个人不一样，有些人可以记牢毫无情节的东西；又有些人，像我，则怎么都记不住，必须先把东西转成“陈述性”的记忆，才能记得。如果你属于我这种人，念书时与其事倍功半地死背，不如花点时间，先去编织和串联书里的材料，达到事半功倍。

什么叫学习？

学习不单是吸收外来的知识，也是学习认识自己、找到自己的长处，然后加以发挥。我甚至要说，一个人在了解别人、战胜别人之前，先得了解自己、发挥自己、展现自己！

图像法

读书可以像看戏

先低着头，不敢看女生，然后，他的眼睛偷偷往上移动，看到手臂的皮肤。再往上，看到女生的脖子；再往上，看到整齐的牙齿。

给女儿上中文课的时候，我问她记不记得古时候有个人很会耍斧头，常到国王面前表演，但是突然间，他不再表演的故事。

她歪着头想了一下，说不记得了，只记得那人的斧头很准，绝对不会砍偏。

于是我在她课本旁边画了个耍斧头的人，简简单单地勾了一个人的侧面轮廓，又在那人的鼻子上涂了几笔。还没画完呢，我女儿就叫，说她想起来了，是有个人常带朋友一起表演，先在那朋友的鼻子上抹一点灰，再舞动斧头，从朋友面前砍过去。朋友一点没受伤，大家以为斧头舞空了，但是细细看，才发现他鼻子上的灰已经不见。后来，那人突然不再表演，国王问为什么，是不是不准了？他说他一点也没退步，只是那一起表演的朋友死了。

你知道我为什么不直接提示我女儿，却要画个漫画吗？因为通过“图像”是最好的记忆方法。我相信今后她再也不会忘记这个故事，漫画会留在她的脑海，更加强她的记忆。

又有一次，我要女儿背孟浩然的《过故人庄》，她只想起“故人具鸡黍，邀我至田家”，就背不下去了。

于是我两手指着窗外的树，再把手合起来。

她马上就笑说：“想起来了！是‘绿树村边合’。”

接着我指向远方，做出山的手势。

她说：“青山郭外斜。”

我又做成开门的样子。

她想起来“开轩面场圃”。

我再比出“举杯”的样子。

她接“把酒话桑麻”。

我又伸出九根手指，而且比了两次；指指眼睛，用双手做成花朵的样子。

她便说：“待到重阳日，还来就菊花。”

这种以手势增加想象的方法，也是“图像化”。

我们可以说，世上大多数的东西都能图像化，就算“绿”或“重阳节”这些不容易图像化的东西，也可以靠前后的东西衬托出来。又好比孟浩然的诗，只用几个简单的手势提醒，我女儿就想起了全部。

我过去读书，常用这方法。有时候怎么“死背”都记不住的东西，只要在诗句旁边勾几个简简单单的小图画，就记住了。

别说你不会画，那不是画很细致的作品，只是勾个样子，产生提醒的作用啊！

你也可以不画。用演的，使自己进入读的内容；尤其文学作品，因为作家常常先有画面，再写出来，文中充满“意象”。甚至一整段，你都能像剧本般轻轻松松地演出来。

举个很古老的作品为例——《诗经》里的《硕人》篇。相信你一定看过这首形容女孩的诗，就算不记得整首，也对其中一些句子有印象。

它描写的美女叫庄姜，从今天的角度看，庄姜一定像模特儿，高高的个儿，穿着锦衣，外头还罩个袍子。

那诗是这样形容庄姜的：

手如柔荑，肤如凝脂，领如蝤蛴，齿如瓠犀，
螓首蛾眉，巧笑倩兮，美目盼兮。

翻成白话是：

手像小草芽般柔嫩，
皮肤像油脂般滑腻，
脖子像木虫般白皙，
牙齿像瓠瓜子般整齐，
宽宽像蝉似的额头，弯弯眉毛如蛾子的触须，
笑起来两个酒窝多漂亮，
黑白分明的大眼睛，左右顾盼真美丽！

如果你觉得不好背，只要这么想：

写诗的男孩，先低着头，不敢盯着女生，只敢看她的手。

然后，他的眼睛偷偷往上移动，看到手臂的皮肤。再往上，看到女生的脖子。

再往上，看到整齐的牙齿。

终于壮起胆，看女孩的额头和眉眼。

这首诗写得多精彩啊！精彩在它描写的次序，由手往上，渐渐到重点，再用生动的一颦一笑、左右顾盼，在最后面压轴。

只要你也变成那羞怯的男生，也这么想象一遍，不是就能把整段诗背下来了吗?

于是“背死书”变成“活读书”，你因此更能深入欣赏那文学作品，使书中的人物和情节变成真的，跳进你的生活。

读书要这样，才记得牢，也才能成为一种享受哇！

牵引法
你家的馒头

既然我们想一个东西时，可能连带地想起上上下下的；或是利用上下文，帮助记起中间的，我们何不在记忆时故意拉大范围？

相信你一定有这样的经验——

文章写一半，有个字硬是记不起来，于是你想那个字的上下文。举个例子，你忘记“浩”怎么写，于是在旁边的纸上写“‘　’然正气”、写“‘　’‘　’荡荡”，或是“声势‘　’大”，利用过去已经习惯的词句，来想中间忘掉的那个字的样子。往往这么做，就真想起来了。

相信你也有这种经验——

人家问你某英文怎么拼，你说出来了，但是不确定，于是说："让我写下来看看。"

当你把那英文文字写出来，看看"很像"，才确认自己拼得没问题。

中文字明明是每个字都独立的，为什么忘掉一个字，写"上下文"会帮助记忆呢？

英文字明明是拼音，照音拼就好了，为什么还要写出来，看"像不像"才能确定呢？

这就是我们今天要研究的了。

我们常说中文文字是"图画式"的，所以一个字，譬如"我"，如果你少写一笔，看来就像"找"。如果你忘记写后面那一"点"，连小学生都能马上看出来："少了一个点"。

于是有人说，这是中文与英文不同的地方。碰上美国人，譬如"international"（国际的）这个词，他一定要把五个音节都拼完，才知道对与错。

这么说好像有道理。但你试试看，刻意把 international 中间少写一个字母，再给他看。

他可能根本没花时间拼，只瞄一眼，就说不对。

妙的是，他不一定能立刻说出少了哪个字母，反正觉得不对就是了。

为什么？

因为他觉得不像他看惯了的 international。

再举个例子，你今天写英文，想要写“bigger”这个词，但你忘了是“biger”还是“bigger”，又忘了母音后面的规则。是不是不如把它写出来，左看看右看看，像不像？

像不像什么？

跟那个美国人一样，看看像不像你平常读书时见到的那个“bigger”。

由此可知，无论中英文，在我们记忆中都可以是“图像”。

那个图像可能是由好几个中文字组合起来的，像是“浩浩荡荡”。也可能是一大段，像是《岳阳楼记》中的“衔远山，吞长江，浩浩汤汤，横无际涯，朝晖夕阴，气象万千……”

有时候我们为了在脑海里搜寻记忆，会用一整页去想，想：“我记得在课本上的左边那页……靠上面……”想到这儿，甚至会闭起眼睛去揣摩记忆中的影像。

加强记忆，就要利用这一点。如果你只读参考书，只会背单字和条文，恐怕反不如看整篇课文，先了解意思，贯穿整个故事之后能记得牢。

因为那使你有更多可以“揣摩”与“追索”的途径，使你心里能有更完整的画面。其后再用参考书帮助“整理”和“加强”，才有用处。这也好比正餐与补品，哪有不吃正餐，只服补药的呢？

好！现在进入更实用的——

既然我们想一个东西时，可能连带地想起上上下下的；或是利用上下文，帮助记起中间的，我们何不在记忆时故意拉大范围？

举几个例子，如果我说“阿尔”，你可能怔住，不知“阿尔”是什么。

但是当我说“阿尔及”，

你就可能跟着讲“阿尔及利亚”。

当我改说“阿尔巴”的时候，

你又很自然地跟着讲“阿尔巴尼亚”。

如果我再换一个，说“布宜”，

你可能问：“不宜怎么样？不宜做，还是不宜说？”

但是当我加长，成为“布宜诺斯”，

你自然跟上“布宜诺斯艾利斯”。

为什么你能说出整个名字？

很简单，因为你是那么记的、那么背的。

可不是嘛！有时候我们背的名字，可以多达十个字，背的证件号码可以长达十五位数以上。但是只要背习惯了，就变得很自然。甚至可以说，有些东西我们根本没背，只是听惯了，像是“巴布亚新几内亚”，只要人家提到“巴布亚”，你自然会想起“新几内亚”。

好！现在到我讨论的重点了——

我问你，刚才说的阿尔巴尼亚的首都是哪里？

你能立刻想到“地拉那”吗？

糟了！你可能想不起来了。

奇怪不奇怪？你可以把十个字的名字说得很溜，却想不起阿尔巴尼亚的首都是“地拉那”，也可能说不出“阿根廷的首都是布宜诺斯艾利斯”。

为什么？

因为如同前章说的，它们都是“非陈述性”的东西。你可能知道“地拉那”，也知道“阿尔巴尼亚”，只是没办法把它们拉在一块儿，甚至考试时把别国的首都“拉”到阿尔巴尼亚去了。

我在学生时代跟你一样，也背不下来。

但是我用了个方法——

既然我可以一次记住“巴布亚新几内亚”七个字，我何不把各国的“国名和首都名”串成一个词，说不定还能加上些“陈述性”的想象，不是自然就会“溜”了吗？

譬如“阿尔巴尼亚”，首都是“地拉那”，我干脆把它们合成一个词——

“阿尔巴尼亚地拉那”。我只当那是一个国家的长长的名字，以后提到阿尔巴尼亚，我还会想不起“地拉那”吗？

还有，遇到长的国名，我还可以简化——

像是保加利亚的首都是“索非亚”。我干脆背“保索非亚”，再用“保证你得到的非你所要的”成为“保所非要”。

又像是罗马尼亚的首都是“布加勒斯特”。我总背不下来。现在我换个方法，背“罗布加勒斯特”，再想成“罗不加勒死他”。

至于匈牙利的首都是“布达佩斯”，尼泊尔的首都是“加德满都”，我老背不下来，干脆改成“匈不打会死”和“你家的馒头”。

没错！我的记忆力是不如人。但我可以找到自己的方法，而且用这方法，牢记“保所非要”“罗不加勒死他”“匈不打会死”“你家的馒头”。到今天，都不忘。

后记

跨一步，就成功

抓住自己、掌握自己、
发现自己的天才点。
当你悟了，
突破心里的障碍，
成功就不再是遥不可及的事。

晚上我睡得不太好，因为脸颊上隔一阵就抽痛一下。早上我对太太说这情况，又自言自语地讲“不知道会不会三叉神经出了问题”。

“什么是三叉神经？”太太问我。

我就解释给她听，又背了十二对脑神经的名称：“嗅神经、视神经、动眼神经、滑车神经、三叉神经、外展神经、面神经、听神经、舌咽神经、迷走神经、副神经、舌下神经。”

没想到，太太不再问我脸上痛的问题，却把眼睛瞪得好大，问我怎么会背那么多神经的名称。

我说是初一“生理医生”课本上的。她又问：“初一的，早忘了！为什么你还能记得？”

我说：“用口诀啊！”

其实不仅我太太，朋友们也常问我同样的问题，为什么我还能把中学上的许多课文倒背如流；为什么我毕业之后，在学校学的非但没忘，好像还更熟了。

过去我从不想这些问题，认为记得就是记得。但是近来因为研究“用脑”，而回头自我分析，觉得应该有三个原因。

第一，是我记忆和背诵的方法，如同前面书中所讲的，我用节奏、韵律、图像牵引等技巧帮助，所以记得牢又记得久。

第二，是我经常复习。因为我有个观念，假使一样东西学了十年，后来全忘了，过去那十年的工夫就等于白费，也可以说浪费了十年的生命。既然我花那么大力气背下了

《岳阳楼记》《琵琶行》和一堆古诗词，当然不能随便“让它们跑掉”。所以我总把“它们”找回来，聚一聚，愈聚愈熟，变成老朋友。

第三个原因，也是最重要的原因，是因为我爱“它们”。我非常欣赏“哲学概论”中说的——哲学（philosophy）是由“爱”（philia）和“智”（sophia）结合而成。所以“哲学”就是“爱智之学”。

智慧多么宝贵，知识多么可爱。过去半生，我时时刻刻发现以前念的东西，可以在生活中印证——

坐飞机，我往下看大地，看山峦的褶曲、河川的迤逦，可以想象大地怎样由山高谷深的年轻地形逐渐老化；去看瀑布，我可以想瀑布在怎样切割岩壁，向后退却；看冰河，我可以印证以前学到的冰斗、羊背石和冰碛石。至于花草树木、小虫小鸟，更是生动变化。也因此，我会写出《花痴日记》那类谈大自然的书。

说出来恐怕有些读者不信——

我常常借中学课本看，觉得内容比我学生时代丰富得多，真是有趣极了，甚至有点羡慕又嫉妒。

只是，我也相信，如果自己退回学生时代，为了考试而不得不死背那些东西时，读书的快乐就会一下子荡然无存。我常想，怎样才能让孩子觉得上学是无比快乐的事？怎样才能把课本里死的文字，变得生动活泼、趣味无穷？

《跨一步，就成功》，便是在这样的理想下写成的，我希望让年轻学子们觉得读书、作文、背诵，都非难事——只要能找到学习的窍门、掌握用时间的方法。更盼望每个考试时愁眉苦脸的孩子能自信地说："天生我材必有用。只要找到我的'天才点'，而且加以发挥，就一定能成功。"

这就是我说的"跨一步，就成功"。那一步，不表示成功"一蹴而就"，而是要抓住自己、掌握自己、发现自己的天才点。当你悟了，突破心里的障碍，成功就不再是遥不可及的事。

最后让我再一次强调：

世上没有不适用的员工，只有不会用人的老板。

世上没有不堪造就的学生，

只有不懂得发现学生潜能的师长。

跨一步，就成功。

发现你的天才点！